Chinesische Märchen und Weisheiten für Schüler und Studenten

Chinesische Märchen und Weisheiten für Schüler und Studenten

〖Autor〗
Chunhui Gu, *Dipl.-Ing.*

〖Illustrationen〗
Yun Hua
Chunlin Gu, *Dipl.-Ing. ETH*

Impressum

Illustrationen: Yun Hua, Chunlin Gu
Covergestaltung: Yun Hua
Testleser: Justin Gu

Verlagsportal: Bookmundo Deutschland
Gedruckt in Deutschland

Die Deutsche Nationalbibliothek verzeichnet diese Publikation in der Deutschen Nationalbibliografie.

Homepage des Autors: www.cspecial.de

ISBN: 9783753417165

Version für Kinder: 978-3-384-14329-7

Die längsten Wege sind unbekannte Abkürzungen

– Chinesischer Philosoph *Laozi* vor 2500 Jahren

Für

meine lieben Kinder

Chunhui Gu

Vorwort

Das Buch ist so konzipiert, dass die ersten Kapitel für Kinder ab 6 Jahren gedacht sind. Die nachfolgenden Geschichten sind für ältere Kinder wie auch für Erwachsene geschrieben. Für jüngere Kinder ist es möglich, nach ein paar Jahren dieses Buch nochmals zu lesen, um neue Erkenntnisse zu gewinnen.

Dieses Buch besteht aus FÜNF geheimen Elementen, dargestellt in folgenden fünf Symbolen:

Wenn ihr nach dem Lesen dieses Buches alle fünf Symbole gefunden habt und die Bedeutungen dieser Symbole auch erklären könnt, dann habt ihr auch das Buch richtig verstanden. Gratulation und vielen Dank für eure Aufmerksamkeit!

Was? Hast du noch ein sechstes Geheimelement entdeckt? – Halleluja! – Das ist möglich.

Inhalt

1. Ein Fohlen überquert den Fluss

Am Ufer eines kleinen Flusses lebte eine glückliche Pferdefamilie. Eines Tages sagte die Mutter zu dem jungen Hengst: »Mingming, du bist schon alt genug, um mir bei der Arbeit zu helfen. Kannst du heute diesen halben Sack Weizen in die Mühle am anderen Ufer des Flusses bringen?«

Begeistert bäumte sich das Fohlen auf: »Ja, gerne!« – kaum war die Mutter mit der Erklärung der Route und Aufgabe fertig, war es schon in Windeseile davon geprescht.

Mingming verspürte ein starkes Bedürfnis, seine Fähigkeit unter Beweis zu stellen. Ganz beglückt von seiner ersten spannenden Mission glaubte er, dass ihn heute ein ganz besonderer Tag erwartete.

Der junge Hengst genoss, trotz seines jungen Alters, den Ruf eines schnellen Läufers. So stürmte er also mit dem halben Sack Weizen ans Wasser, ohne auf dem Weg den Anblick auf die schöne Landschaft zu genießen.

»Ups!« – als das unerfahrene Pferdchen feststellte, dass weit und breit keine Brücke über das Wasser führte, war es verblüfft. »Wie komme ich da jetzt hinüber?«, fragte sich Mingming.

Unweit des Ufers beobachtete er einen Büffel beim Grasen. Mingming galoppierte hastig zu dem Büffel und schnaubte: »Hallo Onkel, kannst du mir sagen, wie ich den Fluss überqueren kann?«

Der Büffel hob langsam den Kopf, streckte seinen rechten Vorderhuf deutend hervor: »Ach, ganz einfach. Das Wasser ist gar nicht tief! Es reicht nur bis zu meinen Unterschenkeln. Du kannst ruhig hinüberlaufen.«

Der Junge strahlte, trabte wieder zurück zum Wasser. Als er sich gerade ins Wasser wagte, ertönte plötzlich ein lauter Schrei: »Halt!« – ein kleines Eichhörnchen eilte energisch auf ihn zu. Mit einem langen, schönen, buschigen Schwanz und ernstem Blick keuchte das kleine Eichhörnchen: »Das Wasser des Flusses ist sehr tief! Einer meiner Kumpels fiel vor zwei Tagen ins Wasser und wurde vom Strom mitgerissen.«

Das Fohlen hatte keine Ideen mehr, es wusste sich nicht mehr zu helfen. Der Büffel sagte, dass der Fluss flach sei, und das kleine Eichhörnchen sagte, dass der Fluss tief sei. »Was soll ich jetzt bloß tun? Ich muss zurückgehen und meine Mutter fragen.«, beschloss der junge Hengst.

Mingming trottete mit hängendem Kopf zurück zu seiner Mutter und erzählte schluchzend die Worte des Büffels und des kleinen Eichhörnchens.

Die Mutter tröstete das Kind und antwortete aufmunternd: »Es ist egal, was andere sagen, lass uns zusammen zum Fluss gehen und selbst nachschauen.«

Der Junge und seine Mutter gelangten zum Fluss, und die Mutter bat ihr Kind, die Tiefe des Flusses mit eigenen Beinen zu testen. Mingming tappte vorsichtig voran und überquerte schrittweise den Fluss.

Aha! Das junge Pferd verstand endlich, dass der Fluss weder so flach war, wie der Büffel gesagt hatte, noch so tief, wie das kleine Eichhörnchen behauptet hatte. Die Wahrheit erfährt man also nur, wenn man Dinge selbst ausprobiert und kennenlernt.

Liebevoll sah Mingming seine Mutter an: »Danke, liebe Mama!« Dann drehte er sich um und trabte wiehernd zur Mühle – das Fohlen fühlte sich so glücklich wie noch nie. Dank seiner Mutter fand das Kind sein besseres »Selbst«, indem es sich und seiner inneren Stimme zu vertrauen lernte.

Weisheitstest:

A Es gibt drei Wahrheiten: Meine Wahrheit, Deine Wahrheit und die Wahrheit.

B Die Praxis ist das einzige Kriterium der Wahrheit.

Ergebnis am Ende des Buches.

2. Schattengespenst

Es war eine helle Nacht, als Zhulian Juan, ein feiger Mann, verreisen wollte. Der Vollmond hing hoch am Himmel wie eine große Laterne, unter der das Getreidefeld durch das Mondlicht wie ein bleicher Teppich wirkte.

Mit einem Sack Getreide auf der rechten Schulter stapfte der schlappe Mann auf einem Pfad. Die erste Strecke, die er bereits zurückgelegt hatte, kannte er auswendig. Er konnte sich noch gut erinnern, wie diese Strecke zu seinem Dorf während des chinesischen Neujahrsfests von Laternen und Feuerwerk beleuchtet worden war. Heute war es aber still und ruhig und er musste alleine gehen. Er wollte seiner Mutter helfen, seiner alten Großmutter das dringend benötigte Getreide zu bringen.

Er blinzelte in den Himmel, wo in weiter Ferne der Mond schien, wendete seine Augen aber schnell vom Mond ab. Er war nicht in der Lage, direkt in den Mond zu schauen. Das war zu viel für ihn. Schon als Jugendlicher hatte er Angst gehabt, dass der Mond, die Sterne oder sogar die Sonne auf seinen Kopf hinunterfallen würden. Er war oft wegen seines Albtraums krank geworden und deswegen von den Nachbarn ausgelacht worden. »Dummkopf«, lachten ihm einige Nachbarn unhöflich und ihn beschämend zu. »Nein!«, ereiferte sich Zhulians Mutter, »Zhulian ist ein sentimentaler und phantasievoller Junge!«, beharrte sie. »Die Sterne und die Sonne bleiben immer oben«, erklärte der Vater wiederholt. »Aber der Boden kann doch in die Tiefe absinken!«, glaubte Zhulian immer noch – vor lauter Sorge darum, ob die Sterne und die Sonne auch tatsächlich an ihren Plätzen blieben, hatte Zhulian eine beschwerliche Kindheit und beäugte den Himmel stets mit Argwohn.

Der Weg außerhalb des Dorfes hinterließ viele Verkehrspuren und machte einen Bogen nach rechts. Vorbei durch einen steinigen Pfad zwischen Gebüsch und Ackerfeld erreichte er eine flache Lichtung vor einem kleinen Wald. Das Mondlicht fiel auf seinen Körper, es bildete einen großen dunklen Schatten neben ihm auf dem Boden.

Zhulian war schon eine geraume Zeit unterwegs und fühlte sich angestrengt, er wollte eine kleine Rast machen. Als er den Sack von der rechten Schulter auf den Boden herunterstellte und seinen Kopf nach rechts drehte, war er entsetzt: Er sah auf dem Boden seinen eigenen dunklen Schatten – »Ein Gespenst!«, ging ihm als erster Gedanke durch den Kopf. Er hob seinen Kopf und sah, wie sich seine Haare in der Luft sträubten, »Gespensthaare!«, schrie er. Er geriet in Panik und drehte sich ohne Zögern um und rannte zurück, ohne den Sack mitzunehmen.

Dieser Schatten folgte ihm auf jedem Schritt, den er zurücklegte, egal, wie schnell er lief. Er hielt den Windzug im Nacken für den »Atemzug des Gespenstes« und hatte das Gefühl, als ob er den stinkenden Atem des Gespenstes schon riechen könnte. Ahnungslos raste der arme Mann an einem Ackerfeld vorbei, auf dem man vor kurzem frischen Mist als Dünger ausgebracht hatte. Aus dem nahegelegenen Wald ertönte das abscheuliche Rufen von Eulen, das ihn an einen Friedhof erinnerte.

Beinahe hätte er um Hilfe geschrien, aber weil er Angst hatte, dass ihn das Gespenst dadurch noch schneller packen könnte, verstummte er vor Angst. Er durfte keine weitere Zeit mehr verlieren, er musste um sein Leben rennen!

Er stürmte los, doch plötzlich stolperte er über eine Baumwurzel und schlug schmerzhaft zu Boden. Seine Nase und Stirn begannen zu bluten. Doch tapfer rappelte er sich wieder auf – so viel Mut hatte er bis zu diesem Zeitpunkt noch nie aufgebracht. Blut, Schweiß und Erde vermischten sich und klebten in seinem Gesicht, an seinen Augen, an seinen Händen. Nur mit großer Mühe konnte er den Heimweg erkennen. Wie der Teufel rannte er weiter, geriet außer Atem, doch der Schatten ließ ihn nicht los und verfolgte ihn unbarmherzig weiter.

Endlich war seine Hütte in Sichtweite. Mit allerletzter Kraft rettete er sich in seine schützende Hütte, warf die Türe hinter sich zu und brach völlig erschöpft auf dem Boden zusammen.

Zhulian erwachte schweißgebadet in seinem Bett und fühlte sich schwer krank. Seine Augen waren bedeckt von seinem schwarzen Haar. »Gespenst!«, schrie er kraftlos, von Grauen erfüllt. Dann vernahm er die sanfte, vertraute Stimme seiner Mutter: »Zhulian, bist du aufgewacht?«

Weisheitstest:

A Ein Tag voll Sorgen dauert länger als ein Monat voller Freude.

B Alles ist in uns selbst vorhanden.

Ergebnis am Ende des Buches.

3. Sich selbst widersprechen

Auf dem alten Markt in der Hautstadt des Königreichs Chu herrschte gerade Hochbetrieb. Es drangen überall Menschenmengen zwischen den Marktständen. Die Händler priesen laut schreiend ihre Waren an. Umsichtige Eltern versuchten, sowohl die angebotenen Waren als auch den spielenden Nachwuchs im Auge zu behalten. Durch die Gassen drängten sehr viele Menschen, weil der Markt etwas Besonderes war und niemand im Königreich diesen speziellen Tag verpassen wollte. Mittendrin pries ein Waffenschmied energisch seine Waffen an.

Der Schmied hob gebieterisch seinen Schild, der im Kampf zur Verteidigung diente, und pries: »Mein Schild wurde aus einem Guss aus dem besten Material hergestellt und ist absolut stichfest. Kein Speer kann ihn durchbohren!«

Neugierig traten einige Schaulustige hervor und beäugten misstrauisch den Schild. Bedächtig nahm er einen Speer vom Boden auf, der im Kampf als Stoßwaffe diente, und rühmte mit Stolz weiter: »Meine Helden! Schauen Sie sich diesen Speer in meiner Hand an! Er wurde nach speziellem Temperverfahren hergestellt, sehr scharf und sehr hart. Er kann jeden Schild durchstechen, egal, wie fest er ist!«

Nachdem der Schmied so geprahlt hatte, amüsierten sich die um ihn stehenden Leute und lachten insgeheim. Wenige Augenblicke später trat ein Mann aus der Menge hervor, zeigte auf die angepriesenen Waffen und fragte: »Ihrer Rede nach ist Ihr Speer sehr scharf. Er kann jeden festen Schild durchbohren. Ihr Schild ist sehr fest. Kein Speer kann ihn durchstechen, auch wenn er sehr scharf ist. Aber was passiert, wenn man mit Ihrem Speer gegen Ihren Schild sticht?« Die Menge lachte höhnisch auf.

Der Waffenschmied schwieg verlegen, weil er genau wusste, dass nur eine Waffe gewinnen konnte, wenn Speer und Schild zusammenkommen.

Schnell packte er seine Waffen und floh beschämt vom Markt.

Heutzutage bedeutet die Redewendung »Speer und Schild« auf Chinesisch »Widerspruch«.

Weisheitstest:

A Beim Jucken hilft nur selbst Kratzen, beim Loben zählen nur andere Leute.

B Ehrlichkeit ist das A und O des Vertrauens.

Ergebnis am Ende des Buches.

4. Der Fuchs nutzt die Macht des Tigers

Ein Tiger war auf der Suche nach Beute im Wald. Da begegnete er einem Fuchs und packte ihn. Gerade, als der Tiger den Fuchs fressen wollte, sprach der schlaue Fuchs zum stärkeren Tiger: »Mein Herr, der himmlische Mächtige schickte mich hierher als König der Tiere. Euer Mut kommt meinem noch nicht gleich. Ihr dürft mich nicht fressen!«

Der Tiger sah das kleine Tierchen und glaubte ihm nicht. »Hast du Beweise?« Da sagte der Fuchs: »Wenn ihr mir nicht glaubt, so folgt mir einfach durch den Wald. Ihr werdet gleich sehen, wie die anderen Tiere Angst und Respekt vor mir haben.«

Der Tiger war damit einverstanden. Nun ging der Fuchs voran und der Tiger folgte ihm dicht dahinter.

Alle Tiere flohen auseinander, als sie den Tiger sahen. Der Fuchs sagte fröhlich zum Tiger: »Seht ihr irgendeinen, der vor mir keine Angst hat?«

In tiefster Ehrfurcht bestätigte der Tiger seine Behauptung: »Jawohl, Majestät, euer Ansehen ist tatsächlich groß. Alle Tiere sind vor euch spurlos verschwunden.« – Da zog der Tiger seinen Schwanz ein und verschwand in den Wald.

Weisheitstest:

A Der Tiger hatte nicht bemerkt, dass der Fuchs des Tigers Furchtbarkeit entlehnte.

B Der Dumme lernt aus seinen Fehlern, der Kluge aus den Fehlern der anderen.

Ergebnis am Ende des Buches.

5. Venusmuschel gegen Schnepfe

Es war ein schöner warmer Nachmittag an einem Meeresstrand. Die Sonne schien am blauen Himmel, ein Schwarm Seevögel kreiste mit lautem Gekreische über dem Strand. Wellen kamen und gingen. Kleine Seetierchen wie Muscheln und Seesterne lagen am Strand, es war gerade Ebbe, so lagen sie frei und oberhalb des Meeresspiegels. Die Tierchen genossen das massierende Wellenspiel, den wärmenden Sonnenschein, den weichen Sand.

Eine Venusmuschel öffnete langsam ihre Schale, auch sie wollte die friedliche Atmosphäre genießen. Da kam plötzlich eine Schnepfe auf sie zugeflogen, landete direkt vor der Muschel, und die Schnepfe steckte ihren langen Schnabel in die Schale, um das Muschelfleisch zu kosten. Um sich zu verteidigen, klappte die Venusmuschel hastig die Schale zu, indem sie den Schnabel der Schnepfe zwischen ihren Muschelschalen einklemmte. Mit allergrößter Kraft versuchte die Schnepfe sich zu befreien, indem sie ihren Schnabel wieder und wieder aufriss, doch es war vergebens. Auch die Venusmuschel konnte sich nicht gefahrlos von dem Schnabel der Schnepfe freimachen – hätte sie ihre Umklammerung gelockert, hätte die Schnepfe ihr Muschelfleisch gefressen.

Die Schnepfe murmelte: »Heute regnet es nicht, morgen regnet es auch nicht. Wenn du mich nicht loslässt, kannst du nicht ins Wasser zurückkehren. Ohne Wasser wirst du letzten Endes austrocknen und sterben!«

Die Venusmuschel erwiderte drohend: »Ich lasse dich heute nicht frei, morgen auch nicht. Du kannst deinen Schnabel nicht herausziehen. Nach einem Tag, zwei Tagen wirst auch du verhungern!« Schnepfe und Venusmuschel zankten ununterbrochen. Keine gab nach.

Die Zeit verflog im Nu. Die Sonne ging langsam unter und färbte die Oberfläche der Wellen mit ihrem Licht goldrot, ein Anblick von unfassbarer Schönheit. Am Himmel kreischten spöttisch ein paar aufmüpfige Möwen. In diesem Augenblick kam ein Fischer vorbei, auf dem Kopf trug er einen geflochtenen Kegelhut. Ohne Mühe fing er beide Beutetiere auf einmal.

Weisheitstest:

A Besser auf neuen Wegen etwas stolpern, als in alten Pfaden auf der Stelle zu treten.

B Wenn sich beide Freunde feindselig streiten, profitiert der Dritte.

Ergebnis am Ende des Buches.

6. Herr Dong Guo und der Wolf

Herr Dong Guo war eine Leseratte. Eines Tages wollte er in eine benachbarte Provinz gehen, um sich dort um eine Stelle als Beamter zu bewerben.

Mit einem großen Sack voller Bücher auf seinem Rücken ging er durch einen Wald. Plötzlich tauchte ein verletzter Wolf bei ihm auf. Mit Tränen in den Augen bat der Wolf Herrn Dong Guo um

Hilfe: »Mein Herr, ich werde gerade von einem Jäger verfolgt. Bitte helfen Sie mir!«

Herr Dong Guo fand den Wolf sehr bedauernswert und wollte ihn retten. Er holte seine Bücher aus dem Sack heraus, versuchte den Wolf hinein zu stopfen, aber vergebens, der Wolf war einfach zu groß.

Schließlich hatte Herr Dong Guo eine Idee: Er band den großen Wolf an allen vier Pfoten zu einer Kugel zusammen. So gelang es ihm, den Wolf gerade noch rechtzeitig in den Sack zu stopfen und ihn so zu verstecken.

Nur einen kurzen Augenblick später erschien ein Jäger mit einem mächtigen Schießbogen an der Schulter. Der Jäger kam auf Herrn Dong Guo zugelaufen und fragte: »Haben Sie einen Wolf gesehen?« »Nein!«, antwortete Herr Dong Guo lakonisch. Der Jäger glaubte ihm, verabschiedete sich und lief weiter.

Nachdem der Jäger verschwunden war, ließ Herr Dong Guo den Wolf wieder frei. Der Wolf streckte seine Tatzen in die Luft, öffnete sein großes Maul und stürzte sich auf den völlig entsetzten Herrn Dong Guo: »Entschuldigung, da Sie meinen

Körper schon gerettet haben, müssen Sie auch meinen Magen retten. Ich habe nämlich riesigen Hunger und muss Sie fressen!«

Erschüttert verteidigte sich Herr Dong Guo mit aller Kraft und rang mit dem hungrigen Wolf. In diesem Augenblick kam ein alter Bauer mit einer Hacke vorbei. Herr Dong Guo hielt den Bauer sofort an und wollte diesen urteilen lassen, ob der Wolf berechtigt sei, ihn zu fressen. Der Wolf war mit dieser Lösung einverstanden und ließ vorerst von Herrn Dong Guo ab.

Nachdem der alte Bauer die ganze Geschichte gehört hatte, sagte er: »Ich kann es gar nicht glauben. Wie kann der große Wolf in so einem kleinen Sack versteckt werden?«

Der Wolf wollte den Bauern unbedingt überzeugen, dass sich die Geschichte so zugetragen hatte. Also ließ er sich von Herrn Dong Guo wieder zu einer Kugel zusammenbinden und in den Sack stopfen. Nachdem der Bauer festgestellt hatte, dass der Sack zugebunden worden war, hob er seine Hacke und tötete den gefährlichen Wolf.

Der Bauer drehte sich dann zu Herrn Dong Guo um und stellte fest: »Wie könnten Sie so naiv sein, an die Worte des Wolfes zu glauben?« Herr Dong Guo fühlte sich sehr beschämt und bedankte sich bei dem Bauern.

Weisheitstest:	
A	Der Bösewicht verdient kein Mitleid.
B	Flüsse und Berge sind leicht zu ändern, der eigene Charakter ist schwer zu ändern.

Ergebnis am Ende des Buches.

7. An einem Baumstumpf auf Hasen warten

Vor 2500 Jahren gab es in China einmal einen Bauern, der sein Feld bestellte. Er musste jeden Tag von früh morgens bis spät abends auf dem Acker schuften, um Getreide anzubauen.

Eines Tages hoppelte ein Hase kopflos über den Acker, übersah dabei einen Baumstumpf am Feldrand und brach sich das Genick. Als der Bauer dies beobachtete, legte er die Hacke beiseite und lief auf den toten Hasen zu. »Juhu!«, jubelte der Bauer voller

Freude. Er packte den Hasen, ließ die Feldarbeit liegen und ging nach Hause, um sich ein schönes Abendessen mit Hasenfleisch zuzubereiten.

Am nächsten Tag erschien der Bauer wieder auf dem Acker. Nichts hatte sich verändert: Die Büsche in der Nähe bewegten ihre Äste von einem lauen Lüftchen angetrieben hin und her. Die Sonne brannte unbarmherzig auf das Feld, es gab kaum Schatten. Und doch war es ein bisschen anders – der Baumstumpf am Feldrand. Der Bauer betrachtete den Stumpf, der ihm früher nie aufgefallen war, mit leuchtenden Augen. »Wenn der Hase so leicht zu haben ist, warum soll ich denn noch schwer schuften?«, kicherte er.

Von tiefer Freude über diesen raffinierten Gedanken erfüllt beschloss er, mit der Feldarbeit aufzuhören. Er legte sich bequem neben den Baumstumpf und begann, auf den nächsten Hasen zu warten – Tag für Tag.

Er wartete und wartete. Nichts hat sich seitdem mehr verändert, außer dem desolaten Ackerfeld.

Weisheitstest:

A Ein Dummkopf, der arbeitet, ist besser als ein Weiser, der schläft.

B Das Glück gibt es nicht, es gibt nur glückliche Augenblicke.

Ergebnis am Ende des Buches.

8. Herr Nan Guo

König Xuanwang Qi hatte eine musikalische Vorliebe. Er hörte gern das Blasinstrument Yu, das einer Panflöte ähnelt, nur mit einem zusätzlichen Mundstück, aus Bambus gefertigt. Er besetzte sogar ein königliches Yu-Musikorchester mit 300 Spielern. Alle Spieler durften ein hohes Gehalt beziehen.

Der König ließ oft prunkvolle Yu-Konzerte aufführen, bei denen die 300 Musiker zusammen spielten. Nach jedem Konzert erhielt jeder Yu-Spieler noch eine beträchtliche Prämie, zusätzlich zu seinem regulären Gehalt.

Im Reich Qi lebte ein Mann namens Nan Guo, der von dieser grosszügigen Entlohnung hörte. Auf keinen Fall wollte er diese Bezahlung verpassen, obwohl er das Instrument Yu gar nicht spielen konnte. »300 Musiker spielen zusammen?« Da kam er auf eine schlaue Idee.

Herr Nan Guo ging zu König Qi, stellte sich als Yu-Meister vor. »Ich bin der beste Yu-Spieler der Welt! Wenn Sie mich nicht in Ihr Musikorchester aufnehmen, würden Sie es bereuen!«, prahlte er. König Qi strahlte vor Freude, ließ ihn, ohne dass er ihn vorspielen liess, sofort in den Kreis der Musiker aufnehmen und ihm ein hohes Gehalt ausbezahlen.

In dem Orchester musste Herr Nan Guo jedes Mal einfach nur vorgeben, ergreifend spielen zu können. So lebte er in den Tag hinein, ohne dass etwas passierte.

Einige Jahre später starb König Xuanwang Qi und Mingwang Qi wurde König. Er hörte ebenfalls gern Yu-Musik, aber nur als Solo.

Das bedeutet, dass nur jeweils ein Musiker das Instrument spielt. So ließ König Mingwang Qi einen Yu-Spieler nach dem anderen für sich spielen.

Als Herr Nan Guo das erfuhr, bekam er Angst. Er packte sein Yu-Instrument, machte sich schnell aus dem Staub, noch bevor er an die Reihe kam.

Auch heute noch wird in China jemand als »Herr Nan Guo« bezeichnet, wenn diese Person zu einer bestimmten Aufgabe unfähig ist. In der Schule werden solche Schüler mit der Bezeichnung, ein »Herr Nan Guo« zu sein, vorgewarnt, wenn sie beim Mitlesen nur die Lippen bewegen, aber ihre Gedanken anderswo haben.

Weisheitstest:

A Wissen ist ein Schatz, der seinem Besitzer überall hin folgt.

B Im Leben sollte man mit beiden Beinen auf der Erde stehen.

Ergebnis am Ende des Buches.

9. Das Gewicht des Elefanten wiegen

Vor 1800 Jahren hatte Kaiser Cao Cao, Herrscher von Nordchina, einen Elefanten als Tribut vom Königreich Wu bekommen.

Da es in Nordchina keine Elefanten gab, waren alle Leute sehr neugierig.

Der Elefant war riesengroß und sehr stark. Die Beine des Elefanten waren fast so dick wie die Säulen des kaiserlichen Palastes.

Der Kaiser Cao Cao sagte zu seinen Höflingen: »Hat jemand eine Idee, wie schwer dieser Elefant wiegen könnte?«

Ein Minister trat hervor und sagte: »Ich glaube, man muss eine spezielle Waage bauen lassen, um das Riesentier wiegen zu können«.

»Ich glaube, es ist nicht so einfach, so eine große Waage zu bauen«, meinte ein anderer Minister.

»Man muss den Elefanten zerstückeln und dann getrennte Teile wiegen«, behauptet der dritte Minister.

»Nein, nein, nein, dann ist der Elefant tot!«, schüttelte der Kaiser unzufrieden den Kopf.

In diesem Moment, drängte sich ein 5-jähriges Kind vor den Elefanten und sagte ernsthaft: »Papa, ich habe eine gute Idee!«

Kaiser Cao Cao blickte hinunter, sah seinen kleinen lieben Sohn Chong Cao, und sagte, während er sich zu ihm hinunter bückte: »Ja, lass mich hören, welche schlaue Idee du hast!«

Chong Cao lehnte sich an das Ohr des Kaisers und flüsterte geheimnisvoll. Als Kaiser Cao Cao es hörte, verkündete er hell auflachend und mit großer Erheiterung seinen Ministern: »So, lasst uns an den Fluss gehen, um den Elefanten zu wiegen.«

Am Fluss lagen viele Boote in unterschiedlichen Größen am Ufer. Chong Cao suchte ein passendes Boot aus und ließ den Elefanten auf das größte Boot bringen. Nachdem der Elefant darauf geführt worden war, schwankte das Boot heftig hin und her.

Nach einer Weile beruhigte sich der Elefant, der noch nie zuvor auf dem Wasser in einem Boot gestanden hatte. Letztlich fand er sein Gleichgewicht und es gelang ihm, still zu stehen. Das Boot hörte zu schwanken auf. Flugs brachte Chong Cao eine Markierung an der äußeren Breitseite des Bootes an, an der sich der Wasserspiegel befand. Alle Leute starrten sprachlos darauf.

Nun ließ Chong Cao den Elefanten wieder ans Ufer führen und befahl, Steine aufs Boot zu tragen. Das Boot sank und sank. »Stopp!«, rief Chong Cao plötzlich, als seine Markierung vom Wasser erreicht wurde.

So verstanden auch endlich die Minister, was Chong Cao erreichen wollte: Man brauchte nur noch die Gewichte der Steine separat zu wiegen, dann konnte man das Gewicht des Elefanten durch Summieren errechnen!

Kaiser Cao Cao strahlte vor Stolz und Freude über die Klugheit seines Sohnes. Er wandte sich seinen Ministern zu, wies auf Chong Cao und bemerkte: »Wie intelligent ist mein Sohn!«

Weisheitstest:

A Jeder Mensch, der Dir begegnet, ist entweder Dein Freund oder Dein Lehrer.

B Alle Menschen sind klug: die einen vorher, die anderen nachher.

Ergebnis am Ende des Buches.

10. Boot gravieren für Schwert

Es ging bereits auf die Mittagszeit zu, als Herr Chu, ein großer rüstiger Mann, einen Fluss überqueren wollte. Über seiner linken Schulter hing ein üppiger Beutel aus Stoff, während rechts um seine Taille ein langes Schwert in einer Hülle an einem starken Lederriemen hing. Die Scheide des Schwerts war unterschiedlich gefärbt. Sie schimmerte durch Metallnieten und einen Bronzerahmen, was einen aristokratischen Hintergrund verriet. Im alten China war das Tragen von Schwertern bei Männern sehr beliebt. Das Schwert diente nicht nur als Schutzwaffe, sondern auch als Statussymbol.

Am Ufer des Flusses sah Herr Chu eine Fähre, die an einem Felsen anlag. Mit einem kleinen Sprung gelang er über den Felsen aufs Boot. Er blickte um sich. Der Fährmann, der einen hellen Strohhut trug, saß auf dem Dollbord neben dem Ruder und biss gerade herzhaft in sein Fladenbrot. Neben ihm lag ein schlanker Mann schlafend auf einem Sack. Der Nackenschutzstreifen seiner Mütze hatte fast seinen gesamten Kopf abgedeckt; es sah so aus, als würden sich zwei Leute gegenseitig festhalten. Auf dem Boot verteilt saßen weitere Fährgäste lässig auseinander und blickten aufs Wasser hinaus.

Es war ein heißer Tag. Das Wasser schimmerte tiefblau und die Sonne strahlte. Kein Wölkchen war am Himmel. Ein prächtig schillernder Erpel schwamm werbend hinter einem Weibchen um die Fähre herum. Unweit des Bootes tauchte aus dem Wasser ein Fischadler auf und flog mit einem Fisch in seinen starken Krallen auf einen Felsen zu, um dort seine Mahlzeit zu genießen.

Endlich war der Fährmann mit seinem Mittagsessen fertig. Die Reise konnte losgehen! Er nahm einen langen Bambusstock auf und stieß sich damit kräftig vom Felsen ab. Schon verließ das kleine Boot das Ufer. Gewandt ruderte der Fährmann, er drehte das Boot um 90 Grad in einem optimalen Winkel in die Strömung des Flusses und steuerte es zügig vorwärts.

Als das Boot weit draußen auf dem Wasser war, wehte den Passagieren ein frischer Wind zur willkommenen Abkühlung entgegen. Den Fluss entlang sah man das Ufer bedeckt von unzähligen Weidenbäumen, deren graziöse Äste sich wie grüne Wasserfälle anmutig in den Fluss stürzten, so weit das Auge reichte.

Herr Chu blickte nach hinten. Das Ruder hinterließ kreisförmige Wellen und die Enten schwammen waghalsig hinterher.

»Räb–räb!«, tönten die Enten.

»Ho ruck!«, ächzte der Fährmann.

»Ah, herrlich!«, seufzte Herr Chu.

Herr Chu schnürte seinen Stoffbeutel auf und legte ihn aufs Deck. Dann löste er den Gürtel und die Kleidung, um es sich für die längere Überfahrt bequem zu machen. Gerade als er das Schwert niederlegen wollte, wurde das Boot plötzlich von einer Welle erfasst und neigte sich stark zur Seite. Herr Chu versuchte sich zu balancieren. In diesem kurzen Augenblick der Abgelenktheit wurde sein Schwert aus der Hülle ins Wasser hinausgeschleudert.

»Ihr Schwert ist ins Wasser gefallen!«, kreischten einige Fahrgäste neben ihm. Herr Chu war fassungslos. Erst nach einigen Schrecksekunden kam er zu sich. Er reckte sein Kinn aus der Breitseite des Bootes vor, blickte ins Wasser. Das Wasser war klar, aber sehr tief. Er konnte außer ein paar herumschwimmenden Fischen sonst nichts sehen. Er kratzte sich am Kopf und überlegte: »Ich habe eine gute Idee!«, raunte er schließlich den anderen Fahrgästen zu. Er holte sich ein kleines Messer aus seinem Beutel heraus und ritzte einen Pfeil nach unten an der Breitseite des Bootes und grummelte: »Das ist die Stelle, wo mein Schwert über Bord ins Wasser gefallen ist.«Die Fährgäste starrten einander an und verstanden nicht, was er genau meinte.

Die Fähre näherte sich dem anderen Ufer. Nachdem das Boot am Ufer angelegt hatte, zeigte Herr Chu auf seinen Pfeil und sagte: »Von hier aus ist mein Schwert ins Wasser gefallen. Unterhalb dieses Pfeils muss mein Schwert im Wasser zu finden sein!« Daraufhin sprang er aus dem Boot, stürzte sich ins Wasser und fing an, nach seinem Schwert zu suchen.

Die Fahrgäste hatten endlich verstanden, was Herr Chu gemeint hatte, und lachten alle darüber, weil sie genau wussten, dass sein Schwert schon weit entfernt von der Stelle war, wo es ins Wasser gefallen war.

Weisheitstest:

A Bleibst Du auf dem Laufenden.

B Das Pferd beim Schwanz aufzäumen.

Ergebnis am Ende des Buches.

11. Drei Kastanien morgens, vier Kastanien abends

Im alten Königsreich Song lebte ein betagter Affenliebhaber. Man nannte ihn den »Affen-Opa«. In seinem Garten hatte er schon viele Affen gezüchtet, obwohl er gar nicht so reich war. Um die Affen zu ernähren, mussten er und seine Familie am Essen sparen.

Der Affen-Opa verbrachte jeden Tag sehr viel Zeit mit seinen Tieren und konnte deshalb seine Affen sehr gut verstehen. Er wusste, was sie wollten. Umgekehrt verstanden die Affen auch, was ihr Herr sprach.

Es kam ein Jahr mit Dürre in der Gegend. Der Affen-Opa und seine Familie kamen selbst mit den nötigsten Nahrungsmitteln nicht aus. Darum wollte er die Affen weniger füttern. Er befürchtete jedoch, dass die Affen dadurch Unruhe stiften würden und versuchte deshalb, den Affen die Lage zu erklären.

»Ihr bekommt von nun an morgens drei Kastanien, und abends vier. Seid ihr damit einverstanden?«, fragte er.

Kaum war die Frage gestellt, standen alle Affen plötzlich auf, taten unzufrieden ihre Mäuler auf, fletschten mit ihren Zähnen und veranstalteten ein lautstarkes Getöse – die Affen wollten das offenbar nicht hinnehmen.

Der Affen-Opa wurde langsam nervös. Nach kurzer Überlegung sagte er listig zu den Affen: »Na gut. Ich sehe ein, drei Kastanien morgens und vier Kastanien abends wären für euch zu wenig. Ihr bekommt dann morgens vier Kastanien, und abends drei Kastanien. Seid ihr jetzt damit zufrieden?«

Die Affen glaubten bei diesem betörenden Versprechen, dass sie wirklich mehr bekämen. Sie waren alle zufrieden und gingen wieder spielen.

Heutzutage hat dieser Ausdruck in China eine Bedeutung: sich einmal so, einmal anders verhalten.

Weisheitstest:

A Manche Leute verhalten sich unberechenbar.

B Ein kluger Mensch trickst gern, ein dummer Mensch unterscheidet nicht mal.

Ergebnis am Ende des Buches.

12. Dummkopf beim Schuhgeschäft

Im Reich Zheng wollte ein Mann ein Paar neue Schuhe kaufen. Wie immer maß er vorher die Größe seiner Füße zuhause mit einem Reisstrohhalm als Längenmaß. »So ist es noch nie schiefgelaufen«, murmelte er zuversichtlich. Er brach den Strohhalm nach gemessener Länge ab, zählte das nötige Geld zusammen und machte sich auf den Weg in die Stadt.

Es ging schon auf den Spätnachmittag zu, als die Sonne bereits wunderschöne Farben an den Himmel zauberte. Er war gar nicht in der Laune, die schöne Landschaft zu bewundern. Er musste sich beeilen, weil er sich Sorgen machte, dass das Schuhgeschäft womöglich bald geschlossen sein würde.

Endlich betrat er den Schuhladen, der zum Glück noch offen war. Er steckte seine Hand in die Tasche, suchte sein Maß, vergebens, weil er es in der Eile zu Hause hatte liegen lassen.

Unüberlegt sagte er zu dem Verkäufer: »Ich habe das Schuh-Maß zu Hause vergessen. Ich weiß nicht, wie groß die Schuhe sein müssen. Ich gehe nach Hause das Maß holen!« Darauf rannte er hinaus.

Da er weit von der Stadt wohnte, war viel Zeit vergangen, bis er das Maß von Zuhause geholt hatte. Es dunkelte bereits draußen und der Schuhladen war schon geschlossen.

Ärgerlich seufzte er vor dem Schuhladen. Da kam ein alter Mann vorbei und erkundigte sich: »Möchten Sie Schuhe für jemand anderen kaufen?«

»Nein! Ich möchte für mich selbst Schuhe kaufen!«, beklagte er.

Daraufhin lachte der alte Mann schallend: »Ihre Füße sind doch immer bei Ihnen. Warum wollten Sie dazu noch ein Maß haben?«

Weisheitstest:

A Alles ist in uns selbst vorhanden.

B Erst wenn man sich nicht schämt, Fragen zu stellen, kann man gelehrt werden.

Ergebnis am Ende des Buches.

13. Yu Gong versetzt Berge

In alten Zeiten lebte im Norden Chinas ein Greis namens Yu Gong. Er war bald neunzig Jahre alt. Vor seiner Haustür gab es zwei große Berge, die den Weg nach Süden versperrten. Immer wenn er hinausging, musste er Umwege machen. Das bereitete ihm großen Verdruss.

Eines Tages versammelte er alle Familienangehörigen und sagte: »Die beiden Berge versperren unseren Weg, so dass wir stets auf ein großes Hindernis stoßen. Wir wollen gemeinsam die Berge mit Hacken abtragen und uns so einen Weg nach Süden bahnen, damit wir in Zukunft keine Umwege mehr machen müssen, wenn wir hinausgehen!«

Alle waren damit einverstanden, nur seine Frau nicht. Sie äußerte ihre Bedenken: »Welche Fähigkeiten habt ihr eigentlich! Ich fürchte, dass ihr nicht in der Lage seid, einen Hügel zu ebnen, geschweige denn die beiden großen Berge! Sagt doch, wohin würdet ihr die Steine und Erdmassen tragen?«

Alle antworteten: »Die Steine und Erdmassen können wir auf den Meeresstrand von Bohai kippen, so viel sie auch sind!«

Vom nächsten Tag an legten Yu Gong und seine Leute Hand an die Versetzung des Berges an.

In seiner Nachbarschaft war eine Witwe. Ihr Sohn war nur etwa acht Jahre alt. Er nahm auch daran teil.

Sie arbeiteten alle unermüdlich: Das ganze Jahr hindurch gruben sie die Erdmassen und zerschlugen die Steine. Sie trugen sie auf den Meeresstrand des Bohai und waren damit ununterbrochen beschäftigt.

Am Gelben Fluss lebte ein anderer Greis namens Zhi Sou. Man nannte ihm »Weiser Alter«, weil er sehr vernünftig war. Er hielt das, was Yu Gong und seine Leute vollbrachten, für lächerlich. Er redete Yu Gong zu: »Wie närrisch bist du! Du bist schon so alt, dass du nicht weit vom Sterben bist! Du könntest nicht viel Kräuter aus dem Berg ausreißen, ganz zu schweigen vom Tragen der Erdmassen und Steine, auch wenn du alle Kräfte daran setzt!«

Yu Gong seufzte und antwortete: »Sie geraten in Verwirrung. Sie stehen in keinem Vergleich mit dem Kind der Nachbarin. Nur in einem Punkt haben Sie Recht, dass ich alt bin und nicht mehr lange lebe. Aber nach meinem Tod leben meine Kinder; sterben die Kinder, bleiben die Enkelkinder, und so werden sich die Generationen in ihrer endlosen Reihe ablösen. Diese Berge sind zwar hoch, aber sie können nicht mehr werden; um das, was wir abtragen, werden sie niedriger: Warum sollten wir sie da nicht abtragen können! «

Zhi Sou, der sich für klug hielt, wusste nichts zu erwidern, nachdem er die Aussage von Yu Gong gehört hatte.

Die große Aktion von Yu Gong und seinen Familienangehörigen rührte schließlich den Gott – den Himmelskaiser, und er schickte zwei seiner Boten auf die Erde, die die beiden Berge auf ihren Rücken davontrugen.

Weisheitstest:

A Die beste Zeit, einen Baum zu pflanzen, war vor 20 Jahren. Die zweitbeste Zeit ist jetzt.

B Ein Dummkopf, der arbeitet, ist besser als ein Weiser, der schläft.

Ergebnis am Ende des Buches.

14. Die Keime hochziehen zur Förderung des Wachstums

Im Reich Song lebte einmal ein Hitzkopf, der ein Reisfeld bestellte. Tag und Nacht wünschte er sich, dass die Reiskeime schneller wachsen sollten. Nun wachsen die Keime so, wie es der Natur gemäß ist, und nicht so schnell, wie er es sich wünschte.

Eines Tages hatte er eine Idee. Er ging zu seinem Acker und zog dort einen Keim nach dem anderen hoch. Erschöpft kehrte er nach Hause zurück. Mit Stolz erzählte er seinen Familienangehörigen: »Wie müde ich bin! Den ganzen Tag habe ich mich mit den Keimen abgeplagt. Aber es hat sich gelohnt. Zur Belohnung wachsen sie jetzt tüchtig in die Höhe.«

Als sein Sohn das hörte, eilte er zum Feld. Was für ein Unglück! Alle Keime hatten zu welken begonnen.

Weisheitstest:

A Ob du eilst oder langsam gehst, der Weg bleibt immer der gleiche.

B Ein Augenblick der Geduld kann vor großem Unheil bewahren.

Ergebnis am Ende des Buches.

15. Schachtel kaufen und Perle zurückgeben

Perlenzüchten hat in China eine lange Tradition. Schon vor 4000 Jahren wurde die Perle oft als Tribut an den König verschenkt.

Um Perlen zu züchten, legte man Sandkörner in die Muscheln ein, und ließ diese wieder ins Wasser. Erst nach vielen Jahren bildeten sich im Muschelkörper möglicherweise Perlen. Nur mit großem Glück konnte man eine perfekte, runde und große Perle gewinnen. Deswegen waren die schönen Perlen hochgeschätzt und teuer. Die Perlen symbolisieren in China Reichtum, Weisheit und Würde.

Im Reich Chu lebte ein Perlenhändler. Eines Tages wollte er ins Reich Zhen gehen, um dort seine Perlen zu verkaufen, weil er wusste, dass dort viele reiche Menschen lebten.

Um bessere Preise zu erzielen, ließ er für jede seiner wertvollen Perlen eine schöne Schachtel anfertigen. Die Schachteln wurden aus edlem Magnolienholz aufwendig geschnitzt, dann mit Jade und Edelsteinen auf allerlei Weise prächtig geschmückt. Zum Schluss wurden die Schachteln noch mit Duft-Gewürz geräuchert, sodass sie wunderschön aussahen und wohlriechenden Duft verbreiteten. Erst dann legte er je eine seiner wertvollen Perlen in eine Schachtel.

Auf dem Marktplatz im Reich Zhen war wirklich viel los. Viele Kinder tummelten sich in edlen bunten Seidenkleidern zwischen den Ständen. Wohlhabende Menschen drängten sich in den

Gassen, wo Händler aus aller Welt ihre exotischen Waren feilboten.

Kaum hatte der Perlenhändler seinen Stand aufgeschlagen, da kam auch schon ein dickbäuchiger Mann vorbei, liebäugelte mit einer seiner schönen Perlenschachteln.

»Was kostet sie?«, fragte der Zhen-Mann.

Der Perlenhändler wusste, dass in dieser Schachtel eine seiner wertvollsten Perlen lag, er verlangte deshalb einen hohen Preis.

Unvermittelt und ohne zu zögern überreichte ihm der Zhen-Mann das Geld. Dann umklammerte er die Schachtel fest mit beiden Händen.

»Wunderschön! Wunderschön!«

Er schnüffelte an der Schachtel und pries: »Riecht angenehm!« Anschließend öffnete er den Deckel, holte die wertvolle Perle heraus, überreichte sie feierlich dem Händler, daraufhin verschwand er flink und ohne ein weiteres Wort mit der Schachtel in der Menschenmasse.

Der Perlenhändler war sprachlos, als er die wertvolle Perle wieder in seiner Hand hielt. Er hätte nie gedacht, dass der Mann vom Zhen-Reich nur seine Schachtel bewundert hatte, statt seiner wertvollen Perlen.

Weisheitstest:

A Unsere Wünsche sind wie kleine Kinder: je mehr man ihnen nachgibt, umso anspruchsvoller werden sie.

B Man verliert den Blick für das Wesentliche durch Nebensachen.

Ergebnis am Ende des Buches.

16. Scheideweg

Yangzi war ein fleißiger Schüler. Als er eines Tages gerade zu Hause lernte, hörte er draußen in der Nachbarschaft einen großen Tumult. Neugierig trat er aus dem Haus und erfuhr, dass dem Nachbarn ein Schaf entlaufen war. Alle Verwandten des Nachbarn begaben sich auf die Suche. Yangzi fragte den Nachbarn, warum so viele Leute auf die Suche eines Schafes gingen.

Der Nachbar antwortete: »Es sind so viele Scheidewege vorhanden, deswegen sollten mehr Leute auf der Suche sein!«

Nach einer langen Weile kamen die Leute zurück. Yangzi fragte seinen Nachbarn: »Ist das Schaf gefunden worden?«

Der Nachbar schüttelte den Kopf und sagte entmutigt: »Nein, es ist spurlos verschwunden.«

Yangzi fragte weiter: »Wieso kann man es nicht finden?«

Der Nachbar entgegnete: »Es gibt zu viele Weggabelungen. Von den Scheidewegen teilen sich wieder kleinere Weggabelungen. Man weiß nicht, auf welchem Weg das Schaf sich befindet. Die Leute sahen sich gezwungen, zurückzukehren.«

Yangzi war sehr gerührt. In der Schule lächelte er den ganzen Tag kein einziges Mal. Nachdem sein Mitschüler diese Geschichte von ihm gehört hatte, sagte der Mitschüler zu Yangzi: »Ein Schaf ist weggegangen. Das ist nur eine Kleinigkeit. Außerdem gehört es auch nicht dir. Warum bist du so trübsinnig?«

Da antwortete Yangzi: »Das lässt mich an das Studium denken. Wenn wir als Studierende nicht beflissen und zielbewusst arbeiten, sondern einmal hier, einmal dort oberflächlich lernen, können wir nichts erreichen, wie die Leute, die auf dem Scheideweg das Schaf gesucht haben!« Der Mitschüler schwieg und dachte still über die Worte von Yangzi nach.

Weisheitstest:

A Die längsten Wege sind unbekannte Abkürzungen.

B Die Welt ist eine Komplexität mit Veränderlichkeit. Ohne die richtige Richtung wird man in die Irre gehen, mit schwerwiegenden Konsequenzen.

Ergebnis am Ende des Buches.

17. Trommelschlag

Vor 3000 Jahren ließ der König Liwang Chu eine Riesentrommel bauen und vor dem Tor des Königspalastes platzieren. Anschließend ließ er bekanntmachen, dass der Trommelschlag vor dem Königspalast ein Warnzeichen sei, wenn der Staat bedroht würde. Für die breiten Volksmassen bedeutete der Trommelschlag also ein Warnzeichen und Aufruf für die sofortige Mobilisierung.

Eines Tages war König Liwang Chu betrunken. Er ging an der Trommel vorbei und schlug spontan darauf, ohne nachzudenken.

Als die Bewohner den Trommelschlag hörten, eilten sie alle voll bewaffnet und besorgt zum Königspalast.

Als der König von einem seiner Wächter erfuhr, dass vor dem Tor des Königspalastes sich plötzlich eine riesige, bewaffnete Menschenmenge befand und auf seinen Befehl warten würde, war der König immer noch im Rausch. Er lächelte sogar und sagte: »Diese Trommel ist wirklich ansprechend!« Er ließ seinem Volk erklären: »Der Trommelschlag bedeutet heute nichts. Eben hat sich der König betrunken. Nur zum Spaß hat der König auf die Trommel geschlagen.«

Nachdem die Massen dies vernommen hatten, beruhigten sie sich wieder und sie gingen wieder nach Hause.

Einige Monate später gab es wirklich eine große Gefahr im Reich Chu. Energisch wurde deshalb auf die Trommel geschlagen. Leider achtete keiner mehr darauf, auch wenn alle Leute den Trommelschlag hörten. Niemand nahm den Trommelschlag mehr ernst.

Weisheitstest:

A Ein Geschäft zu eröffnen ist leicht; schwerer ist es, es geöffnet zu halten.

B Das Vertrauen ist kein Kinderspiel.

Ergebnis am Ende des Buches.

18. Der alte Mann und sein Pferd

In der Nähe der Westgrenze zu den Hunnen lebte in China einst ein alter Mann, der sich mit der Shu-Lehre auskannte. Die Shu-Lehre ist ein altes chinesisches Horoskop, welches aus den vorhandenen Lebensbedingungen und aus Grundumweltelementen die Zukunft nach einer gewissen Wahrscheinlichkeit voraussagt.

Abgeschieden von Zentralchina war das Leben zwischen der Chinesischen Mauer und der Grenze bescheiden, aber doch in stiller Eintracht. Die Leute lebten von den Pferden, die Lebensmittel und Menschen transportierten. Für die meisten Familien war das Pferd das größte Vermögen.

Eines Tages lief dem Alten aus unbekanntem Grund sein einziges Pferd über die Grenze von China zu den Hunnen. Als die Nachbarn das erfuhren, kamen sie alle vorbei, um ihn zu trösten. Da entgegnete der Alte gefasst: »Wer weiß, ob dies ein Unglück ist?«

Schon bald darauf vernahm der Alte in seinem Haus den näherkommenden Tritt des Pferdes. Erfreut öffnete er die Tür und sah sein Pferd – es brachte eine riesige Herde wilder Rosse von den Hunnen mit.

Die Nachbarn staunten und kamen alle vorbei, um den alten Mann zu beglückwünschen.

Der Alte lächelte leise, ohne wirkliche Erheiterung: »Wer weiß, ob dies ein Glücksfall ist?«

Am nächsten Tag stieg sein Sohn neugierig auf ein neues, großes Ross und ritt los. Das Pferd galoppierte flink über Stock und Stein und preschte wie der Wind hinaus, die Hufe berührten kaum die Erde. Der Sohn bekam Angst, er versuchte das Ross durch Rufen und Schenkelsignal zu stoppen. Das fremde Ross hörte aber nicht auf seinen Befehl, es ließ sich einfach nicht aufhalten. Kurz darauf stürzte der Sohn und brach sich dabei ein Bein.

Die Nachbarn kamen wieder zu Besuch, um das Leid wegen des gebrochenen Beines des Sohnes mit dem alten Mann gemeinsam zu tragen. Da gab der Alte gelassen und aufmunternd zurück: »Wer weiß, ob dies ein Unglück ist?«

Einige Zeit später drangen die Hunnen in die Grenzregion ein. Es dröhnten die Trommeln durch die Gassen – es war die Kriegsproklamation. Alle jungen Männer in den Grenzregionen wurden zum Militär einberufen, um Chinas Grenze zu verteidigen. Der lahme Sohn aber musste zu Hause bleiben.

Nach geraumer Zeit und vielen unerbittlichen Schlachten waren die meisten Männer aus der Nachbarschaft im Krieg ums Leben gekommen. Doch endlich hatte China gesiegt und in der Grenzregion kehrte wieder Frieden ein.

Bitter schallende Winde überbrachten den Klang der Glocke aus dem Tempel, in dem die verstorbenen Soldaten aus der Nachbarschaft geehrt wurden. In der Abenddämmerung starrte der Alte in den Himmel hinauf, wo die Schwalben gerade aus der fernen Wüste jenseits der Grenze fröhlich zwitschernd herbeiflogen, als ob die Vögel ihr glückliches und bevorstehendes Familientreffen verkünden wollten. Der Alte murmelte vor sich hin: »Wer weiß...«

Dort in der Grenzregion Chinas lebten seitdem der Alte und sein Sohn weiterhin bescheiden, aber doch in stiller Eintracht.

Chinesisches Horoskop

Weisheitstest:

A Das Glück gibt es nicht, es gibt nur glückliche Augenblicke.

B Ein versehentlicher Ausfall bedeutet nicht den Verlust des Lebens.

Ergebnis am Ende des Buches.

19. Einem Büffel Musik vorspielen

Es gab im alten China einen berühmten Musiker namens Gong Mingyi, der die alte chinesische Zither-Kunst beherrschte und damit wunderbare Musik spielen konnte. Wenn er bei sich zu Hause am Fenster seine alte Zither spielte, blieben alle Passanten voller Ehrerbietung stehen, seine Nachbarn legten ihre Arbeiten nieder, nur, um der zauberhaften Musik zuzuhören. Spielte er in seiner Musik etwas Fröhliches, dann lachten alle hoch erfreut und die Gesichter strahlten; wurde die vorgetragene Musik hingegen traurig, so wurden alle schwermütig und auch Tränen rollten über so manche Wangen.

Eines Tages war Gong Mingyi unterwegs in einem Vorort, mit seiner Lieblingszither auf dem Rücken. Während er die bildschönen Berge und die Seenlandschaft der Umgebung sowie die weißen Wolken am blauen Himmel erblickte, bewegte ihn dies sehr und eine schöne Melodie reifte plötzlich in ihm heran. So nahm er seine Zither heraus, setzte sich auf den Rasen und begann zu spielen. Er spielte und spielte und dann, nach langer Zeit, schaute er sich um und fand erstaunlicherweise keinen einzigen Zuhörer. Da ihm niemand zuhörte, kam ihm das Spielen auf einmal sinnlos vor. Gut war nur, dass nicht weit entfernt ein alter Büffel weidete. »Dann spiel ich halt für den alten Büffel!«, dachte er sich.

Gong Mingyi rückte ein Stück näher zum Büffel, schüttelte leicht seine Hände und begann, dem Büffel seine schönen Melodien vorzuspielen. Nach einer Weile hob Gong Mingyi den Kopf und betrachtete den Büffel. Unbeeindruckt durch das Zitherspiel graste der Büffel weiter, als ob er nichts gehört hätte. Gong Mingyi nahm an, dass die zuvor gespielten Melodien vielleicht nicht sonderlich beeindruckend für den Büffel gewesen waren, und spielte ein weitaus bewegenderes Stück in gehobenem Stil, wobei er sich noch mehr in sein Spiel versenkte. Dennoch schien dieses Vieh überhaupt nicht daran interessiert zu sein. Verärgert und fassungslos durch so viel Interessenlosigkeit spielte Gong Mingyi ein Stück nach dem anderen, bis er völlig erschöpft war. Der alte Büffel kaute noch immer ruhig und unbewegt die jungen Gräser. Da leuchtete es Gong Mingyi endlich ein: »Es ist wirklich sinnlos, einem dummen Büffel Zither vorzuspielen.«

Betroffen stand Gong Mingyi auf und wollte nach Hause gehen. Doch als er die Zither aufhob und dabei zufällig die Saiten berührte, wurde ein Laut erzeugt, der den alten Büffel an das Muhen eines Kalbs erinnerte. Er hörte sofort auf zu grasen, hob den Kopf und schaute sich suchend um. Aber da weit und breit kein Kalb zu sehen war, wedelte er mit seinem Schwanz und senkte wieder den Kopf zum Grasen. Gong Mingyi, den alten Büffel betrachtend, musste plötzlich lachen. Er lachte über sich selbst: »Nicht der alte Büffel ist dumm, sondern ich bin es, weil ich mein Spiel nicht dem Geschmack des Zuhörers angepasst habe.«

Gong Mingyi setzte sich erneut, motiviert spielte er nun Laute vor, die danach klangen, als ob Mücken und Bremsen summten und Kälber murrten. Endlich hörte der Büffel auf zu fressen und schlug mit dem Schwanz, stellte die Ohren auf und ging hin und her, ganz so, als wenn er nun das Zither-Spiel verstand.

Weisheitstest:

A Misserfolg ist die Mutter des Erfolgs.

B Sprechen und Rechtfertigen hängen vom Objekt ab.

Ergebnis am Ende des Buches.

20. Einer Schlange Füße hinzufügen

Im Königreich Chu opferte vor langer Zeit bei einem Totenfest ein Adliger seinen Vorfahren. Nach der Zeremonie reichte er seinen Gästen einen Krug Reiswein. Die Gäste nahmen diesen Krug Wein und wussten nicht, wie sie damit umgehen sollten. Da sagte einer unter den Gästen: »Es wäre zu wenig, so einen Krug Wein unter so vielen Leuten zu verteilen. Trinkt jemand ihn alleine, ist es ein Vergnügen.« Alle anderen Gäste gaben ihm recht. Aber wer sollte diesen Krug Wein bekommen?

»Wie wäre es mit einem Wettspiel?«, schlug ein Gast vor. »Lasst uns alle eine Schlange auf dem Boden malen! Wer zuerst mit der Schlange fertig ist, bekommt den Wein.« Alle Gäste waren von dieser Idee begeistert.

Sie brachen Äste von einem Baum ab und begannen, mit den Stöcken Schlangen auf der Erde zu malen. Ein Mann war besonders schnell, schon hatte er flink eine Schlange gemalt. Also holte er sich den Krug. Bevor er seinen ersten Schluck trinken wollte, warf er einen Blick auf die anderen, die noch mit ihren Schlangen beschäftigt waren. Er sagte leichtsinnig: »Ihr seid so langsam, selbst wenn ich der Schlange noch ein paar Füße hinzufüge, werdet ihr mit dem Malen nicht fertig!« Er fing wieder an zu malen, mit dem Krug in der linken Hand und dem Stock in der rechten Hand. So malte er der Schlange noch ein paar Füße.

Unerwartet hatte in der Zwischenzeit ein anderer Mann seine Schlange ebenfalls fertig gemalt, und er riss dem ersten den Krug aus der Hand, ehe dieser die Füße fertig gemalt hatte.

Der Mann, der die Füße der Schlange malte, weigerte sich und rief: »Ich habe die Schlange zuerst fertig gemalt, und ich sollte den Wein trinken!«

Der Kontrahent lächelte und sagte: „Du malst jetzt noch, und ich bin fertig, und natürlich gehört der Wein mir!"

Der Mann, der die Schlangenfüße malte, argumentierte: »Ich habe die Schlange schon viel eher fertiggestellt, ich füge ihr jetzt nur ein paar Füße hinzu.« Der andere Mann lachte laut: »Eine Schlange hat keine Füße. Was du gemalt hast, ist keine Schlange. Ich bin der erste, der eine Schlange fertig gemalt hat. Wenn du so ein komisches Tier mit Füßen malen willst, kannst du gerne damit weiter machen. Aber den Wein kannst du sowieso nicht mehr trinken!«

Mit diesen Worten nahm ihm der Mann den Krug aus der Hand und trank vergnügt den Wein, und der Mann, der die Füße der Schlange malte, betrachtete den Weinkrug mit Reue.

In China wird heutzutage diese Fabel immer noch gerne erzählt, wenn jemand etwas Überflüssiges getan hat, was aber nicht belohnt werden kann.

Weisheitstest:

A Die Arbeit läuft nicht davon, während du deinem Kind einen Regenbogen zeigst, aber der Regenbogen wartet nicht, bis du mit der Arbeit fertig bist.

B Hähnchen geht nach Wolle aus und kommt geschoren nach Hause.

Ergebnis am Ende des Buches.

21. Diplomatie

Vor 3000 Jahren war China im Zeitalter der 7 Königreiche, wo das Königreich Chu und das Königreich Qi die größten Supermächte waren. Beide Staaten kämpften um die politische Übermacht in der chinesischen Region.

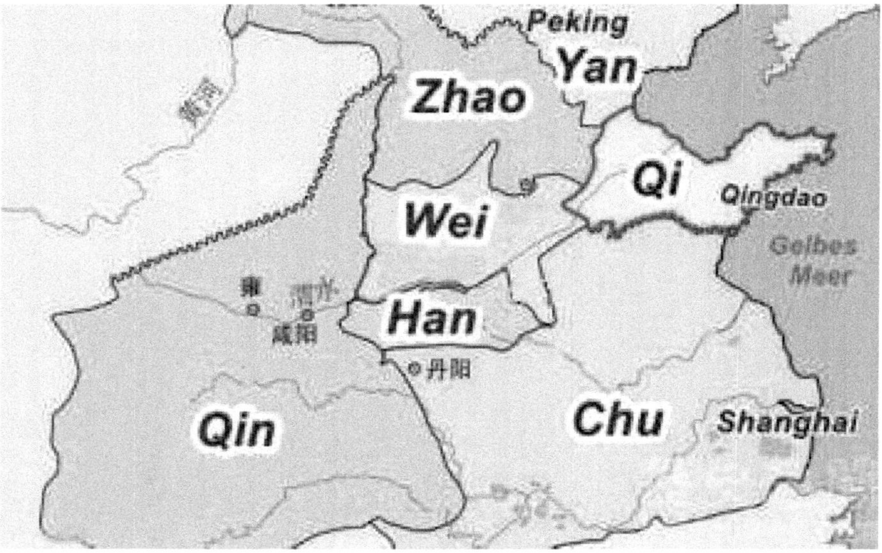

Chinesisches Territorium vor 3000 Jahren

Obwohl die Landesfläche des Chu-Reichs fünf Mal so groß war wie die von Qi, war das Reich Qi durch eine fortschrittliche Textilindustrie und den Salzhandel wirtschaftlich sehr stark.

Eines Tages wurde Herr Yan Zi als Botschafter des Königreiches Qi in das Reich Chu gesandt. Der König aus dem Reich Chu war arrogant und stolz. Nachdem er gehört hatte, dass Yan Zi körperlich ziemlich klein war, wollte er Yan Zi beleidigen.

Beim Empfang des Qi-Botschafters befahl er, neben dem Tor des Palastes eine niedrige Tür zu errichten. Als Yan Zi den

Königpalast erreichte, wollte man ihn nur durch diese niedrige Tür eintreten lassen. Yan Zi lehnte ab und sagte:

»Wenn ein Botschafter in ein Hundereich gesandt wird, soll er durch das Hundeloch hineingehen. Heute bin ich Botschafter im Reich Chu. Wie kann ich durch die kleine Tür treten?«

Die Hofdiener wussten sich keinen Rat mehr, als ihn durch das Tor treten zu lassen.

In der Empfangshalle grinste der König zu Yan Zi: »Sicherlich mangelt es im Reich Qi an Menschen!«

Yang Zi antwortete daraufhin: »Linzi ist die Hauptstadt des Reiches Qi, wo ich herkomme. Dort leben Hunderttausende von Familien. Auf den Straßen gehen die Passanten Schulter an Schulter vorüber. Sie sind unzählig. Schwenken sie ihre Schweißtropfen, wirkt dies wie ein Regen. Wieso erzählt man, dass es bei uns an Menschen mangelt?«

König Chu fragte hämisch weiter: »Warum schickt man ausgerechnet Sie hierher als Botschafter, wenn dort so viele Menschen sind?«

Yan Zi antwortet: »Bei der Auswahl von Botschaftern haben wir ein Prinzip: Ist der König im Gastreich tüchtig, soll ein tüchtiger Mann als Botschafter ausgewählt werden. Ist der König im Gastreich untüchtig, schickt man einen untüchtigen Mann als Botschafter. Ich bin ein Taugenichts. Eben deswegen bin ich hier im Reich Chu Botschafter!« Der boshafte König wusste nichts mehr zu sagen.

Beim offiziellen Staatsbankett versuchte König Chu, die Heimat von Yang Zi zu unterwerfen. Während des Essens führte man einen Verbrecher vor König Chu. Der König fragte: »Was für ein Verbrechen hat er begangen?« Der Untertan entgegnete: »Er ist ein Räuber aus dem Reich Qi!«

Der König wandte sich an Yang Zi und fragte: »Sind die Leute im Reich Qi an Räuberei gewöhnt?«

Yan Zi stand auf und begegnete dem König: »Eure Majestät. Ich habe gehört, dass die Mandarinen am Südufer des Flusses Huai auch an das Nordufer verpflanzt werden können. Sie schmecken aber dann vollkommen anders. Von außen gesehen sind die Früchte und Blätter absolut identisch. Doch leider ist der

Geschmack verschieden. Wenn also einer meiner Landsleute hierher ins Reich Chu kommt, um Räuber zu werden, dann hängt dies meines Erachtens vom Klima im Reich Chu ab.«

Der König Chu musste schweigen.

Auch heutzutage wird ein Botschafter in ein anderes Land geschickt, um durch geschickte Verhandlungen und durch Kontakte mit dem Gastland nationale Interessen zu wahren oder Vorteile sicherzustellen. Diese Art der Verhandlungsgespräche nennt man »Diplomatie«, die man auch im normalen Leben nicht anders praktizieren kann.

Weisheitstest:

A Das Meerwasser darf nicht gemessen werden. Der Mensch darf nicht nach seinem Aussehen beurteilt werden. Jeder hat seine eigenen Vor- und Nachteile. Wir sollten andere nicht unterschätzen.

B Da mich der Himmel geboren hat, muss ich doch auch für etwas von Nutzen sein.

Ergebnis am Ende des Buches.

22. Verbotene Liebe mit Gottes Prinzessin

Es gab einmal einen jungen Hirten namens Altair, dessen Eltern schon vor langer Zeit gestorben waren. Nachdem sein älterer Bruder verheiratet war, wurde er aus dem Elternhaus vertrieben, weil seine Schwägerin das Elternhaus für sich und ihre Familie allein haben wollte. Er lebte seither alleine mit einem alten Büffel in einem alten, heruntergekommenen

Hirtenhaus in der Nähe eines schönen Sees. Tagaus, tagein ritt er auf dem Büffel zum Ackerfeld.

Eines Tages, als Altair gerade am See den Büffel weiden ließ, hörte er von Weitem lachende Mädchenstimmen. Neugierig stieg er auf den Rücken seines Büffels und ritt in die Richtung, aus der das unbekümmerte, fröhliche Lachen erklang. Als er nahe genug herangekommen war, stieg er ab und band seinen Büffel an ein dichtes Gebüsch.

Das dichte Gebüsch am Ufer des Sees verbarg ihn gut, unentdeckt konnte er dem Lachen näherkommen. Getarnt hinter einem dichten Weidenbusch gelang es ihm, einige Zweige geräuschlos zur Seite zu drücken, sodass er ungehindert und doch verdeckt die ganze Szenerie überblicken konnte.

Altair traute seinen Augen nicht – er sah sieben Feen! »Das gibt's doch nicht!«, durchfuhr es ihn, »Das kann unmöglich sein – ich muss mich irren!«. Altair blinzelte mehrfach, doch er sah tatsächlich Feen, die unbekümmert und vergnügt Muscheln sammelten, Eisvogelfedern aufhoben und vergnügt einander nachjagten.

Sein Blick glitt übers Wasser, wo eine weitere Fee über dem glitzernden Wasser schwebte. Sie trug ein elegantes, rotes Gewand aus fließender Seide, das sie umspielte, mit winzigen Spiegelchen und funkelnden Steinchen besetzt, so dass es in der Sonne millionenfach glitzerte. Ihr Haar spielte weich im Wind, während sie offenbar die vielen Fische im Wasser interessiert beobachtete. Sie hatte eine feine, zarte Gestalt, wirkte sehr grazil, wie eine ätherische Erscheinung, während sie über dem Wasser schwebte.

Altairs Blick wanderte weiter, zu einem Felsen. Dort war eine weitere Fee, sie schien die jüngste zu sein. Verwundert bestaunte Altair dieses unbeschreibliche Geschöpf, sie hatte eine faszinierende Ausstrahlung – sanft, anmutig, rein. Altair konnte seine Augen nicht mehr von ihr lösen, so bannte ihn ihr Anblick.

Da sah er, dass diese jüngste Fee um den Felsen auf und nieder gaukelte wie eine rote Schwanengans, deren Figur so elegant war wie die eines schwenkenden Drachens. Ihr Aussehen strahlte wie eine blühende Chrysantheme unter dem Herbstsonnenschein, ihre Gestalt war wie die einer wogenden Kiefer in der Frühlingsbrise. Sie schwebte zwischen Unsichtbarkeit und Sichtbarkeit wie ein von leichten Wolken bedeckter Mond, sie erschien wie wirbelnde Schneeflocken beim Rückenwind. Sie glitt mal hoch am Himmel wie ein Adler, ruhte jedoch nachdenklich für einen Moment in der Luft. Beim ersten Anblick sah sie so hell und sauber aus wie morgens die aufgehende Sonne, während sie bei genauer Betrachtung aussah wie die frisch blühende Lotusblüte, die von grünen Blättern hochgehalten wird. Sie hatte einen gemäßigten Körper, dieser wirkte wie geschnitten mit schmalen Schultern und einer dünnen Taille sowie einem schönen Hals mit heller Haut. Ihr Haarknoten ragte zu den Wolken, die langen Augenbrauen waren gekrümmt und schlank, die roten Lippen frisch und zart, die Zähne weiß und geordnet, ein Paar leuchtender Augen fluktuierten und schauten mit rätselhaften Erwartungen, beide süßen Grübchen am Gesicht waren bezaubernd und liebenswürdig, ihre Geste elegant und graziös, ihr Verhalten sanft und leicht.

Sie trug bizarre seidige Schleierkleidung, geschmückt mit unvergleichlich glänzendem Chrysopras. Am Kopf hatte sie Schmuck aus edelstem Jaspis, Gold und Silber mit rundum glänzenden Perlen. Sie trug schimmernde silberne Expeditionsschuhe mit Dekorrändeln und nebligen Schweifen an den Füßen.

Sie betrat den mit Orchideen und Chrysanthemen gefüllten Pfad am Ufer, sie verbreitete dabei in der Luft den leichten Duft des Blüten-Aromas. Ab und an hob sie die im Wind flatternde Oberbekleidung und blendete mit dem langen Ärmel das Sonnenlicht für eine stille Aussicht ab.

Sie schwebte mal hoch, mal tief übers Wasser, lief spielend auf der Wasseroberfläche zwischen den Wellenspitzen umher. Ihre Strumpfschweife wirbelten Wasser hoch in die Luft auf und zerbrachen es in feinen Staub. Sie hockte mal am Rande des Ufers, streckte die Hände aus und pflückte das schwarze Glückskraut, das am Wasser entlang wuchs, und streute es übers Wasser.

Langsam und geschmeidig näherte sie sich einem runden Felsen am Ufer, zog sich die Kleider aus und legte sie auf den Felsen ab. Dann sprang sie ins Wasser, fing an stillschweigend zu baden. Weit draußen im Wasser trällerten die anderen sechs Feen vergnügt harmonische Melodien, begleitet von herausforderndem Vogelpiepsen im nahen Walde am Ufer.

Altair kam aus dem Staunen nicht heraus, dass auf dieser Welt überhaupt solche Schönheit existiert. Er stürzte sich tief in die Liebe wegen dieser jüngsten Fee. Nur leider sind die Menschen und Götter verschieden, obwohl sie sich in der gleichen Lebensreife befinden, können sie sich doch nicht näherkommen. Beim Gedanken daran wurde Altair traurig, er konnte die Tränen nicht aufhalten, die auf den Kopf des neben ihm stillstehenden Büffels strömten.

Altair setzte sich zu seinem grasenden Büffel und blickte ratlos ins Leere. Plötzlich hob der Büffel seinen Kopf, blickte Altair ins Gesicht und sprach mit tiefer leiser Stimme zu ihm: »Mein Herr! Diese Fee ist Wega, sie ist die siebte Tochter des Himmelskaisers. Wega und ihre Schwestern fühlen sich manchmal von den Anforderungen des himmlischen Palastes gelangweilt, deshalb kommen sie heimlich auf die Erde, um hier zu spielen. Sie fühlen sich hier auf der Erde sichtlich wohl. Du hast gute Chancen, sie kennenzulernen.«

»Wie geht das?«, wollte Altair wissen und wischte sich die heimlichen Tränen vom Gesicht.

»Bei Anbruch des Sonnenuntergangs werden die Prinzessinnen von der Himmelsgarde abgeholt. Bis dahin musst du die Kleider von Wega verstecken. Ohne Kleider kann sie nicht in den Himmelspalast zurückkehren.«

Altair stand eilends auf, schlich sich vorsichtig zu dem runden Felsen, nahm die Kleider von Wega an sich und lief damit weg.

Die Zeit verstrich, während die Feen badeten, und die Dämmerung kündigte den Sonnenuntergang an. Ein Abendwind kam auf. Auf dem See bildeten sich kleine Wellen, der Himmel verdunkelte sich. Trommeln und himmlische Musik ertönten plötzlich aus dem sich verfinsternden Himmel.

Die jüngste Fee Wega schwamm schnell ans Ufer und lief zum Felsen, um ihre Kleider zu holen – vergebens. Sie suchte überall danach, ohne Kleider konnte sie nicht zurück. Verzweifelt schaute sie sich um in aller Eile, denn sie musste sich bereit machen, um in den Himmel zurückzukehren. Vergebens, ihre Kleider waren und blieben verschwunden. Sie getraute sich nicht, ihre Schwestern um Hilfe zu rufen, diese waren mit sich selbst beschäftigt. Sie schaute sich hilflos um, erblickte ein dichtes Gebüsch und versteckte sich darin.

Kurz darauf erschienen am Himmel sechs parallel fliegende Wolkenkutschen mit Drachenköpfen, eskortiert von zwei bunten Schutzengeln, Phönixen, die über den Kutschen glitten. Als die Kutschen den See erreichten, sprangen die Garden aus Groppen auf beide Seiten der Kutschen, um die Feen zu empfangen.

Die sechs Feen stiegen wetteifernd und zwitschernd in die Kutschen ein, ohne zu bemerken, dass die jüngste Schwester fehlte. Die älteste Fee gab ungeduldig das Zeichen zum Aufbruch, während die anderen Feen vergnügt kicherten und lachten, die Wolkenkutschen stieben parallel in den Himmel mit klingender Musik davon.

Verzweifelt beobachtete die jüngste Fee die himmlischen Kutschen, die immer weiter wegflogen. Traurig kullerten die Tränen in ihren Augen, weil ihre Schwestern noch nicht einmal bemerkt hatten, dass sie fehlte. Ratlos setzte Wega sich ins Gebüsch und überlegte, was sie nun tun sollte.

»Mein Herr!«, sprach der Büffel zu Altair, »Du bleibst hier. Ich werde Wega die Kleider zurückbringen.«

Der Büffel schritt mit den Kleidern zu dem Felsen, in dessen Nähe Wega sich versteckt hatte, und legte die Kleider darauf ab, dann drehte er sich um, lief fluchtartig davon. Wega beobachtete das große Vieh, das sich immer weiter fortbewegte. Sie trat aus ihrem Versteck hervor und nahm sich ihre Kleider. Nachdem sie sich wieder angezogen hatte, holte Wega das Vieh behutsam ein und begutachtete es mit unverhohlener Neugier. Das Vieh bemerkte näherkommende Wega, blieb auf der Stelle stehen und wandte sich bedächtig Wega zu, es sprach mit einer leutseligen Stimme: »Himmlische Hoheit! Ich bin Euer früherer Stiergott, vielleicht erinnert Ihr Euch an mich? Ich wurde vom Himmelskaiser Jade-Gott wegen eines Missgeschicks als Büffel auf die Erde verbannt. Ich weiß, dass Ihr nicht mehr in den Himmelspalast zurückkehren könnt. Ich verspreche Euch, dass ich Euch mit aller Kraft dienen werde. Erlaubt mir, dass ich Euch jetzt zu meinem Herrn bringe.« Wega war einverstanden und stieg auf den Rücken des Büffels, der sich umsichtig in Bewegung setzte.

Als der Büffel das Gebüsch erreichte, wo Altair sich aufhielt, schlug Wegas Herz schneller. Ein großer junger Mann stand lächelnd vor ihr. Er trug einfache Kleidung, die nur aus einer offenen Leinenweste und einer kurzen Hose bestand. Doch der junge Mann hatte breite Schultern und seine starke Brust strahlte eine bestechende männliche Kraft aus. Seine Augenbrauen waren formvollendet gekrümmt und buschig. Seine dichten schwarzen Haare waren schlicht mit einem Hanfseil zusammengebunden, sein Zopf wippte inmitten des goldenen Dämmerlichts wild auf und ab. Als Wega in seine Augen schaute, hatte sie das Gefühl, als ob sie in tausende leuchtende Sterne sehen würde, die bis tief in ihr Herz leuchteten. Wega wurde vor Aufregung ganz rot, ein weiches Gefühl durchfloss ihren Körper wie warmes Wasser. In diesem Augenblick hörte sie eine tiefe und sanfte Stimme: »Mein Name ist Altair. Ich lebe hier allein. Der Büffel ist mein einziger Freund. Ich freue mich sehr, dich kennenzulernen.«

Altair begann, ihr sein Leben zu erzählen. Wega erfuhr, wie Altair aus dem Elternhaus vertrieben wurde und wie er sich alleine auf dieser Welt durchkämpfte, was immer mehr Respekt und Mitgefühl in Wega weckte. Wega erzählte Altair, welches Leben sie im Himmelspalast gelebt hatte. Sie erzählte von diesem goldenen Käfig, wie sie von anderen beneidet, verachtet und verdrängt wurde und sich deshalb oft sehr einsam gefühlt hatte. Sie weinten und lachten zusammen beim Austausch der Lebenserfahrungen und beide hatten das Gefühl, als hätten sie sich schon längst früher kennengelernt. Beide Herzen gerieten in ekstatische Verzückung und fühlten sich sehr zueinander hingezogen. Sie beschlossen, dass sie zusammenbleiben und ihr Leben gemeinsam verbringen wollten und wurden ein Ehepaar.

Einige Jahre später hatten Altair und Wega zwei Kinder bekommen, einen Sohn und eine Tochter. Während Altair sich um das Ackerfeld kümmerte und den Büffel hütete, webte Wega fleißig. Man nannte sie »Weberin« und die Familie führte ein bescheidenes, aber sehr glückliches Leben.

Leider war den beiden kein Glück auf Dauer beschieden. Denn der Himmelskaiser und Vater von Wega war sehr zornig, weil seine Tochter nicht von ihrem Ausflug auf die Erde zurückgekehrt war. Er war zudem verärgert, weil ein Verbannter, der Büffel, ihm seine jüngste Tochter mit einem Trick entrissen hatte. Dass seine Tochter ein glückliches Leben führte, interessierte den beschämten Kaiser nicht im Geringsten. So entsandte er seine Soldaten, um seine jüngste Tochter in den Himmel zurückzuholen.

Wie jeden Tag bereitete Wega das Essen für die Familie. Auf einmal kam ein starker Wind auf, der Fenster und Türen ihres

Heimes zum Klappern brachte. Die Kinder begannen zu weinen, denn sie spürten, dass der Sturm nicht natürlich war. Es war der kalte Wind, der die Ankunft der Himmelssoldaten verkündete.

Die Soldaten brachen in das Haus ein und ergriffen die staunende Wega, die überhaupt nicht mit diesem Überfall gerechnet hatte. Sie rief um Hilfe, wehrte sich heftig, die Kinder schrien nach ihrer Mutter, doch die Soldaten zerrten Wega mit sich und stießen die hilflosen Kinder von sich.

Altair rannte vom Feld zum Haus zurück, als er die Schreie seiner Frau hörte. Fassungslos musste er mitansehen, wie seine Frau entführt und die Kinder zurückgelassen wurden. Rasch schwang er sich auf den Büffel, der mit höchster Geschwindigkeit zum Haus zurückraste. Dort angekommen, schnappte sich Altair die beiden Kinder, steckte sie in zwei Körbe, hievte sie auf den Rücken des Büffels, der im Moment der größten Not seine Flugfähigkeit wieder zurückerlangte.

Im Nu strömten aus den Füßen des Büffels weiße Wolken hervor, der Büffel erhob sich mit Altair und den beiden Körbchen in die Lüfte. Der Wind rauschte in Altairs Ohren. Der Büffel flog mit aller Kraft und flink hatte er die Soldaten mit der entführten Wega eingeholt.

Doch unvermittelt tauchte aus dem Nichts die Himmelskaiserin auf. Sie zog eine goldene Nadel aus ihrem Haarknoten heraus und markierte damit eine goldene Linie zwischen Wega und Altair. Plötzlich entstand ein wogender Himmelsfluss, durch den Altair und Wega auseinandergerissen und getrennt wurden.

Geschockt musste Altair mit ansehen, wie Wega auf der einen und er mit den beiden Kindern auf der anderen Seite des Himmelsflusses standen. Altair liebte seine Frau sehr und er weinte mit den beiden Kindern am Ufer des Himmelsflusses. Auch Wega liebte ihren Ehemann und die Kinder sehr, traurig blickte sie von der anderen Seite des Himmelsflusses zu den Dreien hinüber und weinte. Beide Ehepartner standen sich mit Tränen in den Augen gegenüber. Der schmerzvolle Schrei der Kinder hallte vom Himmel bis zur Erde. Als die Elstern dies hörten, wurden sie tief bewegt. Sie kamen scharenweise herbeigeflogen und sie bildeten spontan für das getrennte Paar eine Elsterbrücke über den Himmelsfluss, damit sie sich darauf treffen und wieder zusammen sein konnten.

Diese große Szene berührte die Himmelskaiserin so sehr, dass sie dem Paar erlaubte, sich jedes Jahr am 7. Tag des 7. Monats des chinesischen Mondkalenders auf der Elsterbrücke zu treffen. An diesem Tag regnete es ab und zu am Himmel. Man sagt, das seien die Tränen der beiden Liebenden, die beide vor Freude und vor Trauer weinten.

Dieses Märchen entstammt einer 2600 Jahre alten chinesischen Legende, nach der man auch heute am Himmel diese Szene beobachten kann. Wenn man in herbstlicher Nacht in den Himmel blickt, kann man zwei große, helle Sterne auf beiden Seiten der Milchstraße, des Himmelsflusses, sehen: die Wega und den Altair. Auf beiden Seiten des Altairs befinden sich zwei kleine Sterne. Diese beiden Sternchen stehen für die zwei Kinder des Ehepaars.

Dieser Tag, der 7. Tag des 7. Monats des chinesischen Mondkalenders, wo sich Wega und Altair jährlich auf der Elsterbrücke treffen, ist zugleich auch der chinesische Valentinstag, an dem die Chinesen, vor allem die jungen Paare, das Sieben-Festival feiern. Am Sieben-Abend treffen sich junge Chinesen unter dem freien Himmel. Dort suchen sie nach den Sternbildern Wega und Altair, und sie feiern das Treffen der beiden Liebenden und wünschen sich immerwährende Liebe und eine glückliche Ehe.

Weisheitstest:

A Wenn Treue Spaß macht, dann ist es Liebe.

B Der kürzeste Weg zwischen zwei Menschen ist ein Lächeln.

Ergebnis am Ende des Buches.

Fabel

Chinesische Sprichwörter für Schüler und Studenten

Wissen ist ein Schatz, der seinem Besitzer überall hin folgt.
Das Meerwasser darf nicht gemessen werden. Der Mensch darf nicht nach seinem Aussehen beurteilt werden.
Die schlechteste Tinte ist besser als das beste Gedächtnis.
Ein Dummkopf, der arbeitet, ist besser als ein Weiser, der schläft.
Ein guter Anfang ist die Hälfte des Erfolgs.
Übung macht den Meister.
Glück ist das Einzige, was sich verdoppelt, wenn man es teilt.

Der kürzeste Weg zwischen zwei Menschen ist ein Lächeln.
Flüsse und Berge sind leicht zu ändern, der eigene Charakter ist schwer zu ändern.
Lernen ist wie Rudern gegen den Strom – wer aufhört, fällt zurück.
Ist kein Tiger in den Bergen, nennt sich der Affe König.
Nur ein schlechter Handwerker schiebt die Schuld auf sein Werkzeug.
Die beste Zeit, einen Baum zu pflanzen, war vor 20 Jahren. Die zweitbeste Zeit ist jetzt.
Gib einem Hungernden einen Fisch, und er wird einmal satt, lehre ihn das Fischen, und er wird nie wieder hungern.
Löse das Problem, nicht die Schuldfrage.

Nicht der Wind, sondern das Segel bestimmt die Richtung.
Misserfolg ist die Mutter des Erfolgs.
Mit einer Handfläche kann man nicht klatschen.
Was die Augen nicht sehen, ärgert das Herz nicht.
Schildkröten können dir mehr über den Weg erzählen als Hasen.
Verantwortlich ist man nicht nur für das, was man tut, sondern auch für das, was man nicht tut.
Wenn das, was Du sagen möchtest, nicht schöner ist als die Stille, dann schweige.
Je stiller Du bist, desto mehr kannst Du hören.

Der Mund des Menschen ist oft gefährlicher als der Rachen eines Tigers.
Ein Augenblick der Geduld kann vor großem Unheil bewahren.
Gegenseitige Hilfe macht selbst arme Leute reich.
Was eine Raupe das Lebensende nennt, nennen Weise einen Schmetterling.
Bohre den Brunnen, ehe du Durst hast.
Das schnellste Pferd kann ein im Zorn gesprochenes Wort nicht einholen.
Wenn der Fuchs den Hühnern seine Aufwartung macht, hat er keine guten Absichten.
Ein Freund mehr, ein Weg mehr.

Gehst du zur Tür hinaus, frag nach dem Weg; kommst du in ein Dorf, frage nach den Sitten!

Verbringe nicht die Zeit mit der Suche nach Hindernissen. Vielleicht ist keines da!

Ob du eilst oder langsam gehst, der Weg bleibt immer der gleiche.

Wer nicht auf die hohen Berge steigt, kennt die Ebene nicht.

Auch der schönste Traum endet mit dem Erwachen.

Besser auf neuen Wegen etwas stolpern, als in alten Pfaden auf der Stelle treten.

Die längsten Wege sind unbekannte Abkürzungen.

Aller Anfang ist schwer.

Besser beneidet als bemitleidet.
Da mich der Himmel geboren hat, muss ich doch auch für etwas von Nutzen sein.
Der Dumme lernt aus seinen Fehlern, der Kluge aus den Fehlern der anderen.
Der Edle bewegt den Mund, nicht die Hände.
Der Satte weiß nicht, wie der Hungrige hungert.
Ein Fisch fängt nach drei Tagen an zu stinken. Ein Gast geht einem nach drei Tagen auf die Nerven.
Ein Geschäft eröffnen ist leicht; schwerer ist es, es geöffnet zu halten.

Ein Kind stört sich nicht daran, dass seine Mutter hässlich ist, ein Hund stört sich nicht daran, dass seine Familie arm ist.
Ein neugeborenes Kalb fürchtet sich nicht vor dem Tiger.
Ein Mensch fürchtet sich davor, berühmt zu werden, ein Schwein davor, fett zu werden.
Ein Tag voll Sorgen dauert länger als ein Monat Freude.
Erst wenn man sich nicht schämt, Fragen zu stellen, kann man gelehrt werden.
Fernes Wasser kann kein nahes Feuer löschen, ferne Verwandte sind nicht so gut wie nahe Nachbarn.
Unsere Wünsche sind wie kleine Kinder: je mehr man ihnen nachgibt, umso anspruchsvoller werden sie.

Wer das Boot nicht lenken kann, macht die Flussbiegungen dafür verantwortlich.
Jeder Mensch, der Dir begegnet, ist entweder Dein Freund oder Dein Lehrer.
Alle Menschen sind klug: die einen vorher, die anderen nachher.
Es gibt drei Wahrheiten: Meine Wahrheit, Deine Wahrheit und die Wahrheit.
Alles ist in uns selbst vorhanden.
Eine Freundschaft ist wie eine Tasse Tee: Sie muss klar und durchscheinend sein, und man muss auf den Grund schauen können.
Verwandle große Schwierigkeiten in kleine und kleine in gar keine.

Vögel im Käfig sprechen nur vom Fliegen. Freie Vögel fliegen einfach.
Wer nichts zu verlieren hat, ist reich.
Wenn Treue Spaß macht, dann ist es Liebe.
Das Glück gibt es nicht, es gibt nur glückliche Augenblicke.
Reich ist, wer weiß, dass er genug hat.
Ein guter Lehrer bleibt ein Schüler bis an das Ende seines Lebens.
Lehrer öffnen die Tür, aber eintreten musst Du selbst.
Wer die Spur nicht wechselt, hat keine Chance zum Überholen.
Vögel singen nicht, weil sie eine Antwort haben, sondern weil sie ein Lied haben.

Die Arbeit läuft nicht davon, während du deinem Kind einen Regenbogen zeigst, aber der Regenbogen wartet nicht, bis du mit der Arbeit fertig bist.
Beim Jucken hilft nur selbst kratzen, beim Loben zählen nur andere Leute.
Wilde Gänse hinterlassen ihre Stimmen, Menschen hinterlassen ihren Ruf.
Die Schönheit der Vögel liegt in den Federn, und die Schönheit der Menschen liegt im Fleiß.
Das Wasser fließt immer nach unten, der Mensch geht immer nach oben.
Bescheidenheit hilft einem, vorwärts zu kommen, während Überheblichkeit einen untergehen lässt.

Frieden und Freude sind leicht zu teilen; schwer ist es, gemeinsam Not zu leiden.
Die Schlucht der Wünsche ist nicht auffüllbar.
Bei Menschen sucht man nach den Altvertrauten, bei Dingen will man neue haben.
Wer Hohes ersteigen will, muss von unten beginnen. Wer Fernes erlaufen will, muss den ersten Schritt tun.
Überlege sorglich das Ende gleich zu Beginn.
Ein Jahresplan ist wie Samen aussäen für die nächste Ernte. Ein Plan für ein Jahrzehnt ist wie Bäume einzupflanzen. Ein Plan für die Lebenszeit ist es, Menschen gut zu erziehen – es gibt nur eine Chance.

Der Meister sagte: »Wenn einer nicht zu fragen pflegt: ‚Was hat das zu bedeuten?' – Ich wüsste wirklich nicht, was der für mich noch zu bedeuten hätte.«
Der edle Mensch sucht Grund und Anlass in sich selbst, der niedrige sucht sie in anderen.
Besser einmal gesehen als hundertmal gehört.
Besser mit Klugheit streiten als mit Kraft.
Mit Leuten, die anderen Ideen nachstreben, kann man nicht gemeinsam Pläne machen.
Nur die Allerklügsten und die Allerdümmsten ändern sich nie.

Ein Tischler oder Wagenbauer kann zwar das Rad- oder Winkelmaß an andere weitergeben, nicht aber seine Geschicklichkeit.
Wer auch dort aufgibt, wo er nicht aufgeben darf, wird in allen Dingen leicht aufgeben.
Der Unterschied zwischen einer großen Ähnlichkeit und einer kleinen Ähnlichkeit ist die Ähnlichkeit in der Unterschiedlichkeit.
Ist das Wasser zu klar, wird kein Fisch darin sein. **Ist der Mensch allzu klug, so bleibt er allein.**
Für den, der die Welt mit den Augen des Alls wahrnimmt, ist die Erde gleich niedrig mit dem Himmel, der Berg gleich eben mit dem Tümpel.

Solange du dem Anderen sein Anderssein nicht verzeihen kannst, bist du noch weit weg vom Weg der Weisheit.

Sprichwörter

Tangram Legende

Das Tangram ist ein Legespiel aus dem alten China, das vor 200 Jahren auf der ganzen Welt Verbreitung fand.

Vor über 1000 Jahren hatte ein chinesischer Tischler namens Huang Bosi einen Teetisch aus sechs geometrischen Teilen gebaut, der aus einer einzigen quadratischen Platte ausgesägt worden war.

Der Tisch war für Besucher gedacht und konnte je nach Anzahl der Gäste beliebig kombiniert werden, zum Beispiel ein Dreieck für drei Besucher, ein Quadrat für vier Besucher und so weiter. Seine Besucher waren von dem Teetisch total begeistert. Alle wollten ihn haben. So wurde der Tisch schnell bekannt.

Später wurde der Tisch auf sieben geometrische Teile erweitert, indem ein dreieckförmiger Teil nochmals halbiert wurde. Nun wurde es lustig, da die Kombinationsmöglichkeiten durch diese sieben geometrischen Teile plötzlich unendlich groß geworden waren. Der Teetisch wurde von Kindern entdeckt, die diesen Tisch oft als Bauklotz-Spielzeug ausnutzten und Erwachsene damit ärgerten. Dann kamen die Erwachsenen auf die Idee, ein Legespielzeug aus gleichen geometrischen Formen zu erzeugen, damit die Kinder nicht ständig den Teetisch hin und her schoben.

Da das Spielzeug sehr einfach herzustellen war und unzählige Kombinationsmöglichkeiten bot, wurde es in China sehr schnell bei Kindern und Erwachsenen beliebt. Man benutzte es oft auch bei Feierlichkeiten für Glücksfiguren und in der Schriftbildung. In der verbotenen Stadt in Beijing kann man heutzutage im Kaiserlichen Palast und im Museum noch alte Originalmuster besichtigen.

Das Legespiel bestand aus sieben geometrischen Plättchen in einfachen geometrischen Formen. Die Plättchen entstanden durch das »Zerschneiden« eines Quadrates in zwei große Dreiecke, ein mittelgroßes Dreieck, zwei kleine Dreiecke, ein Quadrat und ein Rhomboid (auch Parallelogramm genannt). Deswegen wurde es in China »Siebenbrett-Spiel« genannt.

Vor über 200 Jahren wurde dieses Spielzeug von griechischen Händlern nach Europa gebracht und »Tangram« genannt. »Tang« bezeichnet das Zeitalter der »Tang-Dynastie« vor 1200 Jahren, als in China Kaiser Tang das Land regierte; »gram« bedeutet auf Griechisch »Kunstwerk«. Da früher China lange Zeit das reichste Land der Welt war und die Tang-Dynastie als Höhepunkt der chinesischen Geschichte gilt, weil während dieser Zeit die gesamte Landwirtschaftsleistung mehr als die Hälfte so groß wie die der ganzen Welt war, wurden die Chinesen seither von Ausländern als »Tang-Chinesen« bezeichnet.

Im 19. Jahrhundert wurde der ehemalige französische Kaiser Napoleon I., der einst Länder in Mitteleuropa wie Frankreich, Italien, Spanien und Deutschland beherrscht hatte, auf die Insel St. Helena verbannt. Um sich die Zeit auf der kleinen Insel zu vertreiben, hatte man ihm ein Tangram-Spiel geschenkt, das die chinesischen Gastarbeiter auf die Insel gebracht haben. Napoleon I. war sofort von dem Spiel besessen. Das Tangram-Spiel begleitete ihn bis zu seinem Tod am 5. Mai 1821 und war daher in England auch als »Napoleon Tangram Puzzle« bekannt.

Das Tangram-Spiel bietet unendlich viele Gestaltungsmöglichkeiten, trainiert die räumliche Vorstellungskraft, Geduld und Kreativität. Der Fantasie sind fast keine Grenzen gesetzt – es gibt viele Tausend Möglichkeiten!

In China wird heutzutage das Tangram sogar als Mathematik-Werkzeug für Schüler benutzt. In diesem Buch werden einige wertvolle und nützliche Beispiele für Schüler zum Kopftraining zusammengetragen.

Tangram Vorlage

Anleitung:

- Vordruckseite vom Buch austrennen oder kopieren.
- Sieben geometrische Flächen wie oben nach Lieblingsfarben bemalen (wenn nötig, nummerieren).
- Quadratischen Vordruck ausschneiden.
- Vordruck auf eine dicke Pappe aufkleben.
- Die sieben geometrische Flächen mit einer Schere trennen.

Viel Spaß damit!

Tangram selbst basteln

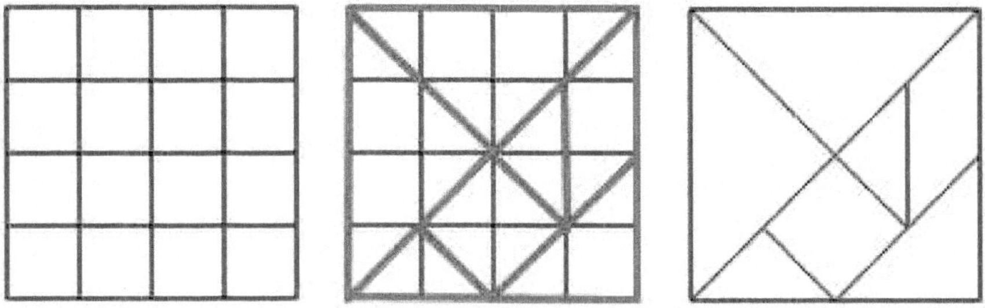

Anleitung:

- Zeichne ein großes Quadrat je nach Bedarf.
- Teile das große Quadrat in 4 Reihen mit je 4 kleinen Quadraten auf.
- Zeichne die Diagonalen wie auf der mittleren Abbildung.
- Zeichne die Umrisse der einzelnen Tangram-Teile etwas dicker und schneide diese Teile aus.

Viel Spaß damit!

Tangram Musterbeispiele

Buchstaben:

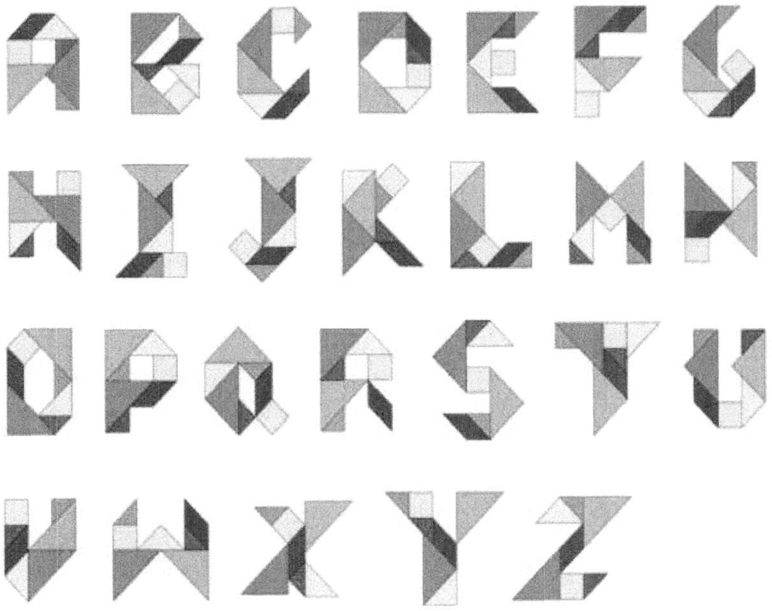

Zahlen:

Tiere (siehe unten weitere Tierabbildungen):

Gebäude:

Boote:

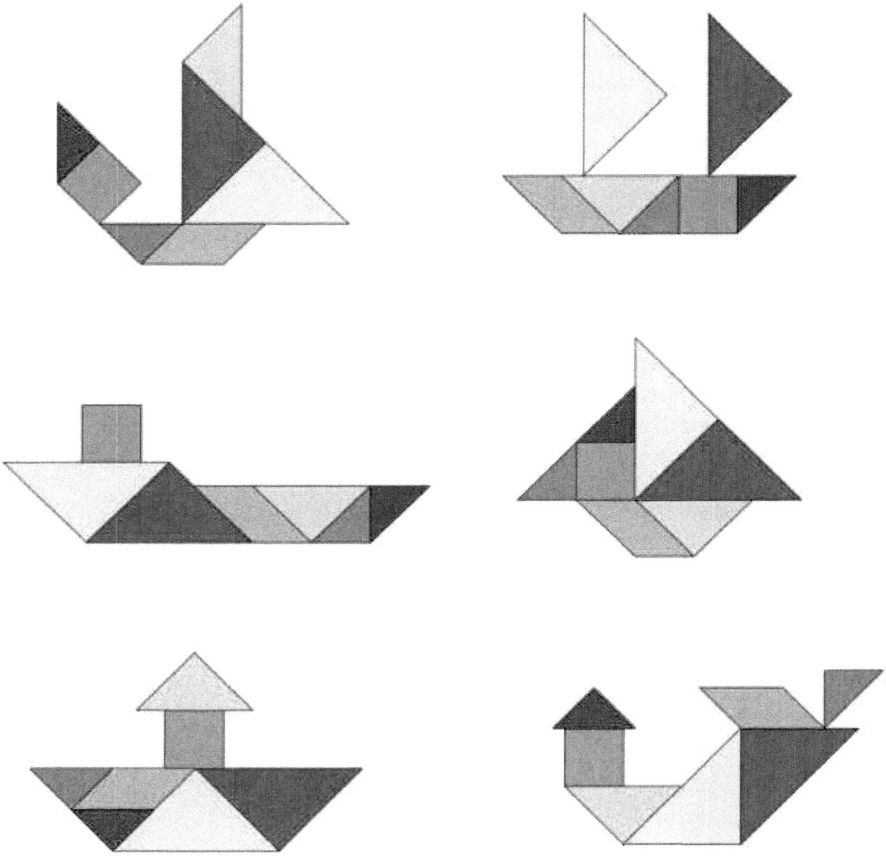

Reiten:

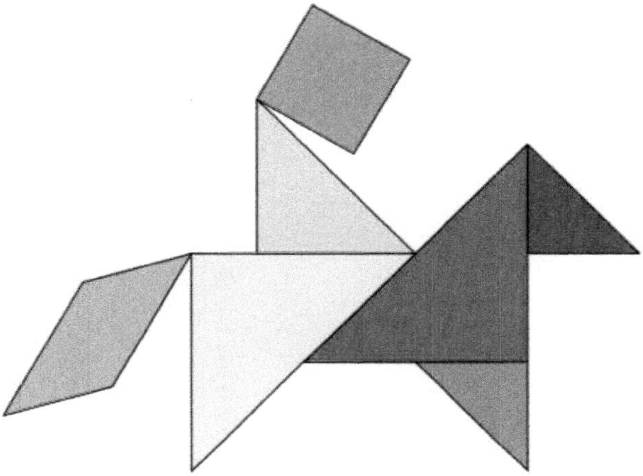

Pferd:

Bär:

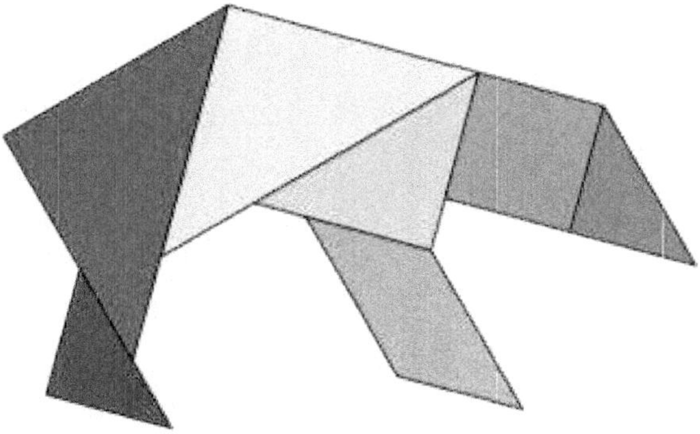

Kerze:

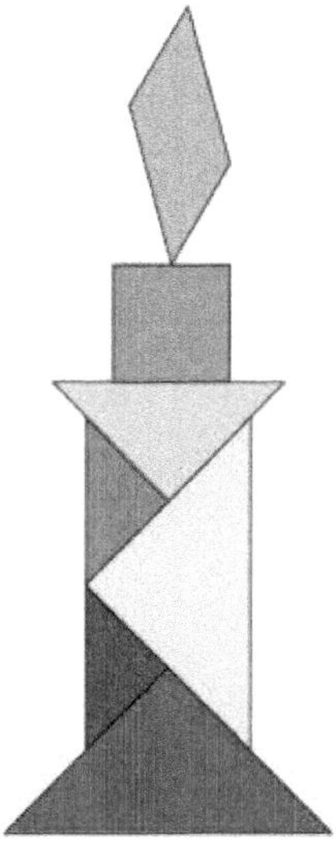

Giraffe:

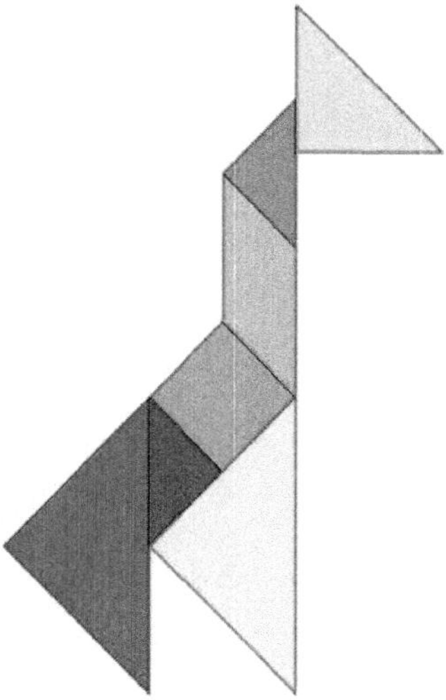

Fisch:

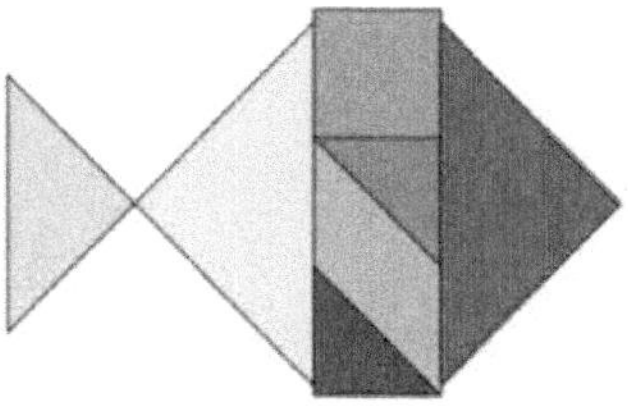

Schmetterling:

Löwe:

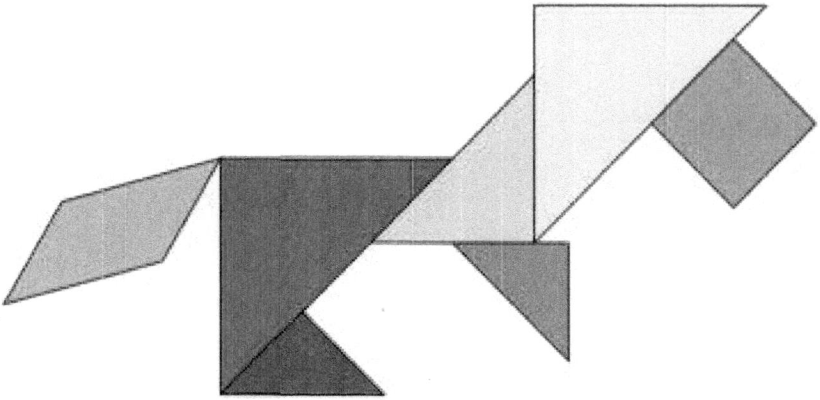

Kamel:

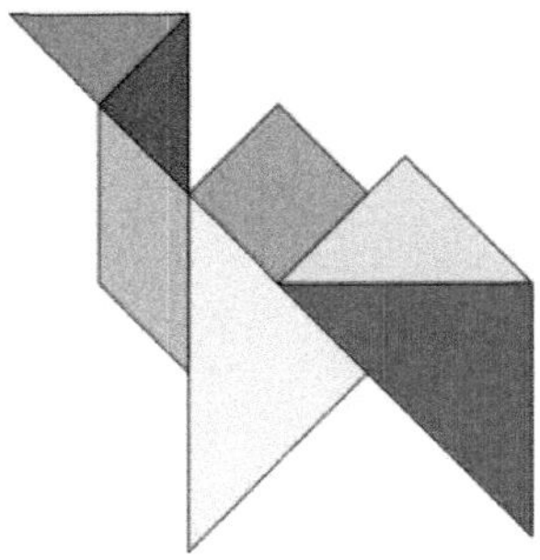

Tanzen:

Raketen:

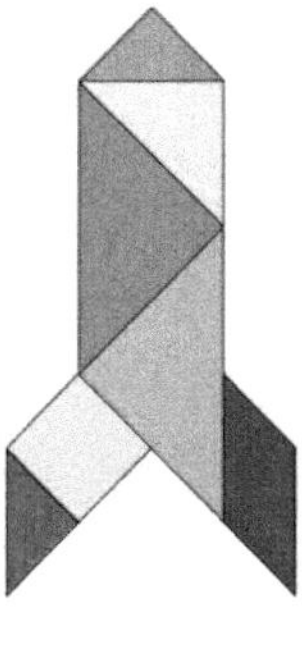

Känguru:

Haus:

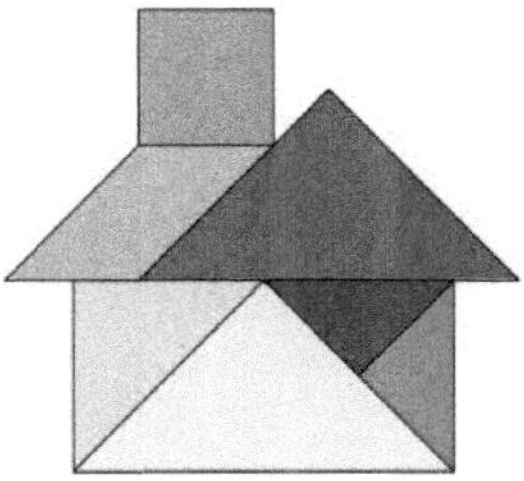

Schlange:

Ziege:

Schwein:

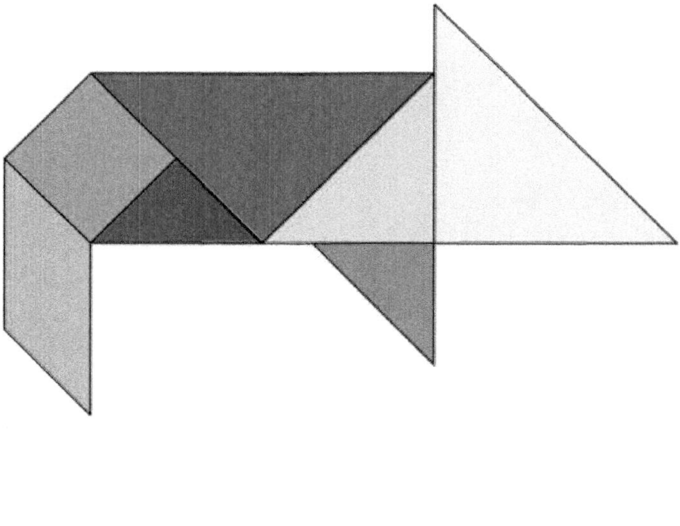

Katzen:

Hunde:

Spielen

Tangram Aufgaben

Nachdem oben so viel vom Tangram erzählt und eingeführt wurde, kommen wir jetzt zum Kopftraining. Die Lösungen zu allen nachfolgenden Aufgaben findest du in diesem Buch zum Schluss.

1. Folgende Tangram-Figur spiegelt ein Märchen in diesem Buch wider. Um welches Märchen handelt es sich?

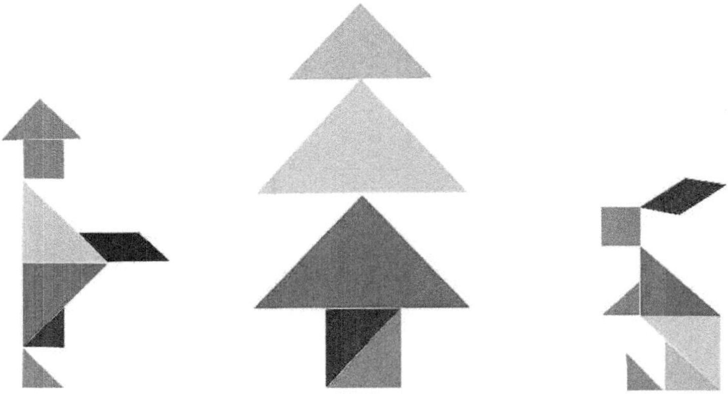

2. Folgende Tangram-Figur spiegelt ein Märchen in diesem Buch wider. Um welches Märchen handelt es sich?

3. Folgende Tangram-Figur spiegelt ein Märchen in diesem Buch wider. Um welches Märchen handelt es sich?

4. Folgende Tangram-Figur spiegelt ein Märchen in diesem Buch wider. Um welches Märchen handelt es sich?

5. Folgende Tangram-Figur spiegelt ein Märchen in diesem Buch wider. Um welches Märchen handelt es sich?

6. Folgende Tangram-Figur spiegelt ein Märchen in diesem Buch wider. Um welches Märchen handelt es sich?

7. Folgende Tangram-Figur spiegelt ein Märchen in diesem Buch wider. Um welches Märchen handelt es sich?

8. Folgende Tangram-Figur spiegelt ein Märchen in diesem Buch wider. Um welches Märchen handelt es sich?

9. Folgende Tangram-Figur spiegelt ein Märchen in diesem Buch wider. Um welches Märchen handelt es sich?

10. Folgende Tangram-Figur spiegelt ein Märchen in diesem Buch wider. Um welches Märchen handelt es sich?

11. Folgende Tangram-Figur spiegelt ein Märchen in diesem Buch wider. Um welches Märchen handelt es sich?

12. Folgende Tangram-Figur spiegelt ein Märchen in diesem Buch wider. Um welches Märchen handelt es sich?

13. Folgende Tangram-Figur spiegelt ein Märchen in diesem Buch wider. Um welches Märchen handelt es sich?

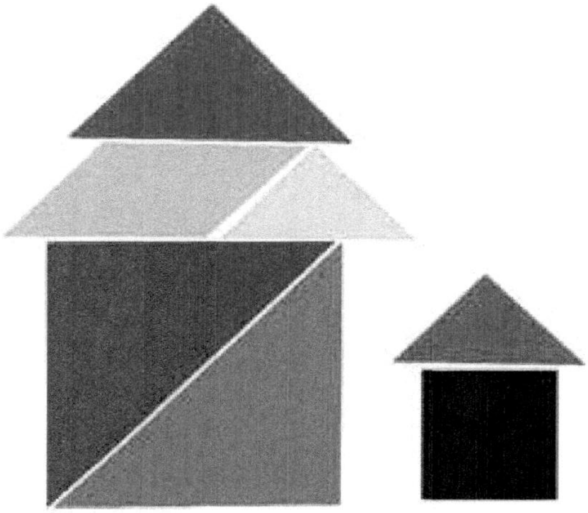

14. Aus wie vielen verschiedenen geometrischen Formen besteht das Tangram?

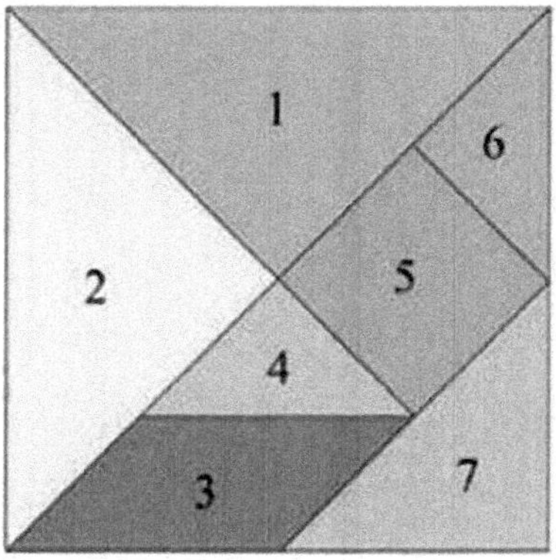

15. Wie viele Dreiecke und wie viele Quadrate enthält ein Tangram?

16. Aus einem Tangram-Quadrat wurde eine Brücke gebaut. Die Seitenlänge des Tangram-Quadrates beträgt 1. Dann beträgt die gesamte Fläche des schattierten Teils der Brücke wie folgt:

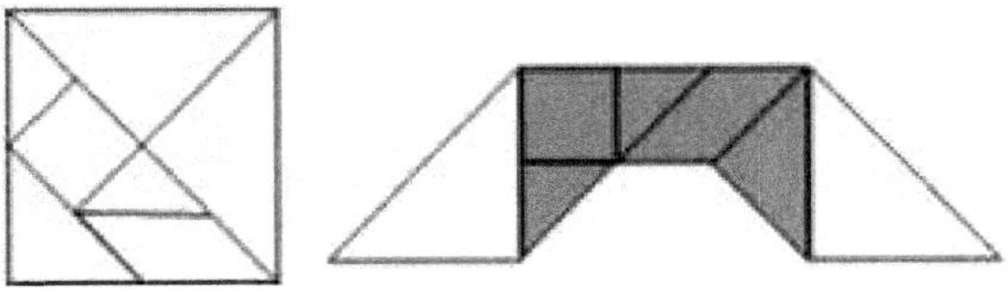

A. 1 / 2
B. 1 / 3
C. 2 / 3
D. unbestimmt

17. Die Fläche des kleinen Quadrates beträgt 2 cm^2. Wie groß ist dann die Originalfläche des Tangram-Quadrates?

18. Die gesamte Fläche des Tangram-Quadrates beträgt 16. Wie groß sind die einzelnen kleinen Flächen?

19. Folgende Figuren zeigen 3 Körperbewegungen aus jeweils einem einzigen Tangram-Quadrat: Schlittschuhlaufen, Fußballspielen und Tanzen. Wie ist das Verhältnis der Kopffläche zur gesamten Körperfläche bei diesen drei Tangram-Figuren?

20. Ähnlich wie Aufgabe 16. Wenn die Seitenlänge eines Tangram-Quadrates 8 beträgt, dann beträgt die gesamte Fläche des schattierten Teils der Brücke wie folgt:

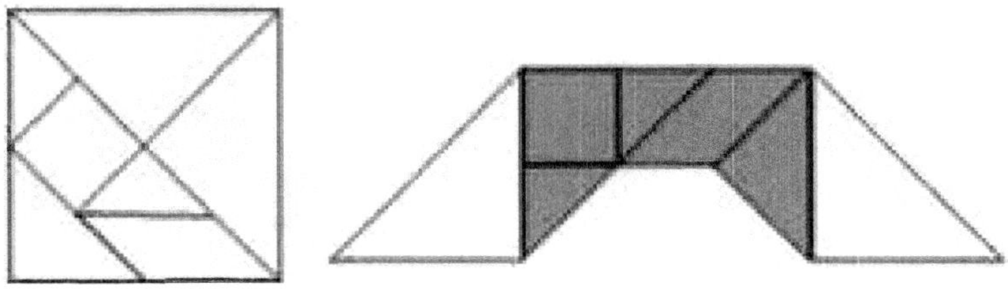

A. 16
B. 24
C. 32

21. Aus einem Tangram-Quadrat mit Seitenlänge 1 wird ein Schwan gebildet. Wie groß wird dann die Fläche des gesamten schattierten Bereichs von der ursprünglichen quadratischen Tangram-Fläche?

A. 1 / 2
B. 3 / 8
C. 7 / 16
D. 9 / 16

22. Welche der folgenden Figuren ist nicht aus einem Tangram-Quadrat gebildet worden?

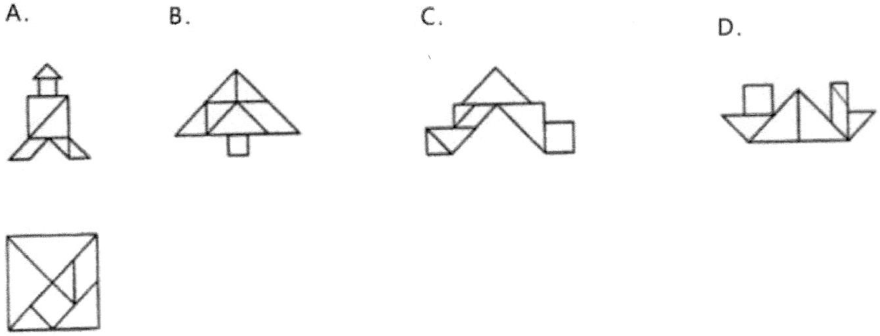

23. Aus einem Tangram-Quadrat wurde eine Brücke gebaut. Die Seitenlänge des Tangram-Quadrates beträgt 1. Dann beträgt die gesamte Fläche des schraffierten Teils unterhalb der Brücke wie folgt:

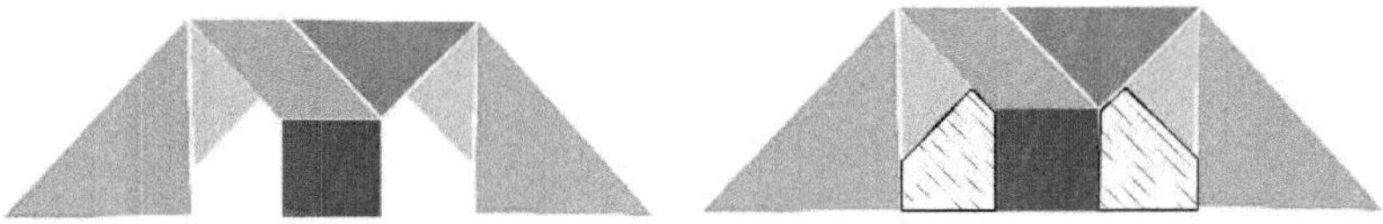

A. 1 / 2
B. 1 / 3
C. 1 / 4
D. 1 / 8

Kopftraining

STRENG GEHEIM

Geheime Entdeckungen aus China

– die du niemandem erzählen solltest

Alle kennen Marco Polo, der China entdeckt hat. Er ist deshalb berühmt, weil er einen Bericht über seine China-Reise verfasst hat, nicht, weil er der erste China-Entdecker war. Aber wer hat als Erster China entdeckt? Oder umgekehrt, haben doch die Chinesen zuerst Europa entdeckt? Besteht ein Zusammenhang zwischen der chinesischen und den europäischen Kulturen? Solche Fragen sind noch nicht endgültig beantwortet.

In den vergangenen Jahren wurden in China viele rätselhaften Entdeckungen gemacht, die entgegen den bisherigen Erkenntnissen anders lautend sind, und daher offiziell auch kaum berichtet oder sogar von den Medien geheim gehalten werden. Dennoch arbeiten chinesische Archäologen und Forscher stillschweigend daran, um diese Entdeckungen zu enträtseln.

Behalte die nachfolgenden Geheimnisse zuerst noch für dich, bis die Fachleute endgültige Erkenntnisse dazu veröffentlichen. Weil es im Moment alles erst Vermutungen sind, solltest du auch noch nicht mit deinen Freunden darüber sprechen. Vielleicht wirst du eines Tages im Urlaub den Sachverhalten selbst auf die Spur kommen und weitere Entdeckungen machen, nachdem du dieses Buch gelesen hast.

Stammt das europäische Alphabet aus China?

Diese Frage wird heutzutage bestimmt überall als Scherz betrachtet. Selbst in China glaubt kaum ein Mensch daran.

Alle wissen, dass das griechische Alphabet das erste Alphabet im engeren Sinne war, von dem andere europäische Alphabete, wie zum Beispiel das lateinische bzw. das deutsche Alphabet, abstammen. Im Chinesischen gibt es kein Buchstaben-Alphabet, sondern Schriftzeichen, die eher Bildern ähneln als Buchstaben, wobei die chinesischen Schriftzeichen schon seit über 3000 Jahren genutzt werden.

Die jüngsten Entdeckungen in China stellen diese Erkenntnisse in Frage. Fast alle chinesischen Archäologen sind sprachlos und schweigen still.

Im Jahr 1988 wurde in der Nähe der chinesischen Hafenstadt Ningbo eine neolithische Ruine entdeckt, bei der zwei Pantoffeln ausgegraben wurden. Die Archäologen haben die Pantoffeln mit Hilfe eines modernen Verfahrens, der sogenannten C-14-

Methode, begutachtet und dabei festgestellt, dass diese Pantoffeln aus der Liangzhu-Ära stammen und vor 5500 Jahren von Einheimischen getragen wurden. Besonders erstaunlich ist dieser Fund, weil diese Pantoffeln genauso aussehen, wie die einer 2000 Jahre alten griechischen Göttin-Skulpturen, die im Archäologischen Nationalmuseum (Athen) ausgestellt sind. Ähnlich rätselhaft wurden in derselben Region, wo im Altertum die berühmten Yueqing-Tonwaren hergestellt wurden, 3000 bis 5000 Jahre alte Tonwaren entdeckt, auf denen unbekannte Buchstabensymbole eingraviert waren.

Neolithische Pantoffeln vor 5500 Jahren.

Griechische Göttinnen-Skulptur mit Pantoffel.

2014 wurde Herr Changqing Wen, Direktor des Zhejiang Museums für antike Tonwaren, als Tonwaren-Spezialist nach Griechenland eingeladen, um dort an einem Kulturaustauschprogramm teilzunehmen.

In Griechenland sah Herr Changqing Wen zum ersten Mal uralte griechische Buchstaben, die er bisher nur von den in China ausgegrabenen antiken Tonwaren kannte, ohne zu ahnen, dass sie uralte griechische Buchstaben waren! Er kaufte auf dem Markt ein T-Shirt mit diesen uralten griechischen Buchstaben darauf, und damit flog er aufgeregt nach China zurück.

In seinem Museum ließ Herr Changqing Wen die über 3000 Jahre alten, chinesischen Tonwaren zusammensuchen, die diese griechischen Buchstaben enthielten, und neben dem T-Shirt ausstellen (siehe von mir ausgesuchte Fotos, die mir Herr Changqing Wen und sein Sohn Guoli Wen geschickt und freundlich zur Verfügung gestellt haben). Es waren rund 23 Buchstaben! Darunter A, M, E, Δ, H und so weiter. Es fehlte nur der Buchstabe Ω. Unter den ausgestellten Tonwaren waren manche sogar 5000 Jahre alt!

T-Shirt mit griechischem Alphabet.

Antike Tonwaren mit griechischen Buchstaben A, B.

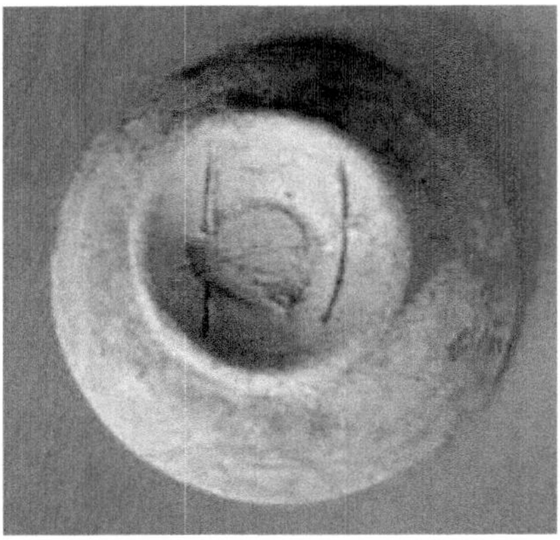
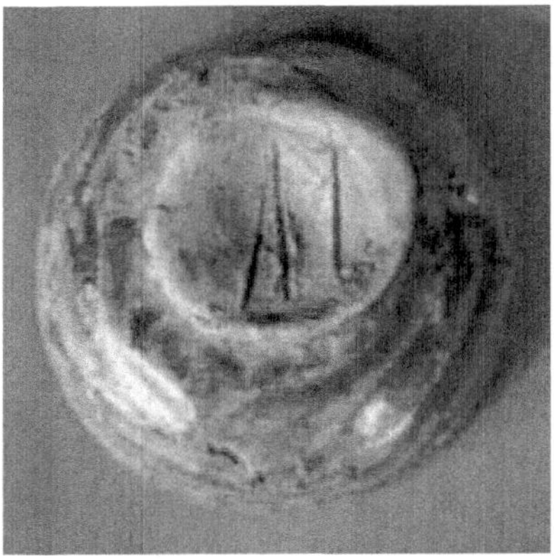

Antike Tonwaren mit griechischen Buchstaben H, M.

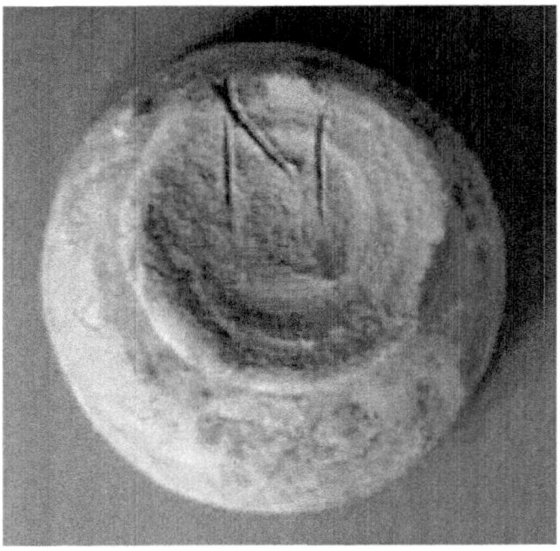

Antike Tonwaren mit griechischen Buchstaben P, N.

Herr Changqing Wen verstand die Welt nicht mehr. Wie kann das sein, dass die chinesischen Tonwaren, die älter als das griechische Alphabet sind, griechische Buchstaben enthalten?

2015 lud Herr Wen den griechischen Generalkonsul in Shanghai, Dr. Calperis, und dessen Frau ein, ins Museum zu kommen, um ihnen seine Entdeckung zu zeigen. Schon auf den ersten Blick erkannte Dr. Calperis die antiken griechischen Buchstaben in der Ausstellung und las ohne zu zögern die 23 Buchstaben laut vor. Er war sehr erstaunt, dass auf den antiken Yueqing-Tonwaren vor über 3000 Jahren Symbole eingraviert waren, die mit den altgriechischen Buchstaben übereinstimmten. Auf die Frage, ob es sich um einen Zufall handeln könnte, antwortete Dr. Calperis eindeutig: »Unmöglich! Erstens ist die Struktur der Zeichen schwierig zu kreieren. Obwohl die Schriften auf den Tonwaren relativ rau aussehen, sind die Striche eindeutig, natürlich und fließend, und die Strichfolgen sind auch ganz identisch und korrekt.« Er würdigte die Entdeckung, die als akademisch erwähnenswert gelten sollte.

Am 13.08.2016 sind zahlreiche Archäologen, Historiker und Forscher aus ganz China im Museum eingetroffen, um darüber zu diskutieren. Alle Experten waren von dieser Zusammenstellung verblüfft, weil bisher keiner darauf gekommen war, dass die eingravierten Schriftzeichen uralte griechische Buchstaben sein könnten.

Man erinnerte sich an die 1924 entdeckten Majiayao-Ruinen. Damals entdeckte der schwedische Geologe und Archäologe Johan Gunnar Andersson (03.07.1874 - 29.10.1960), der im Auftrag der chinesischen Regierung in Chinas Provinz Gansu eine Ausgrabung leitete, und der dabei im Dorf Majiayao eine 5000 bis 6000 Jahre alte antike Kulturstätte entdeckte. Eine große Anzahl bemalter Keramikgefäße wurden damals ausgegraben, die die chinesische Kultur in der Antike darstellen. Auf den ausgegrabenen Gefäßen waren viele Schriftzeichen zu sehen, darunter auch viele ähnliche Buchstaben.

Nach meiner Kontaktaufnahme mit dem berühmten chinesischen Majiayao-Experten und Sammler, Herrn Zhian Wang, hat dieser mir ein paar Fotos zur Verfügung gestellt, die tatsächlich ähnliche Zeichen aufweisen, wie man sie heute kennt. Laut Herrn Wang sind die Tonwaren aus der Majiayao-Grabung 4050 bis 5800 Jahre alt.

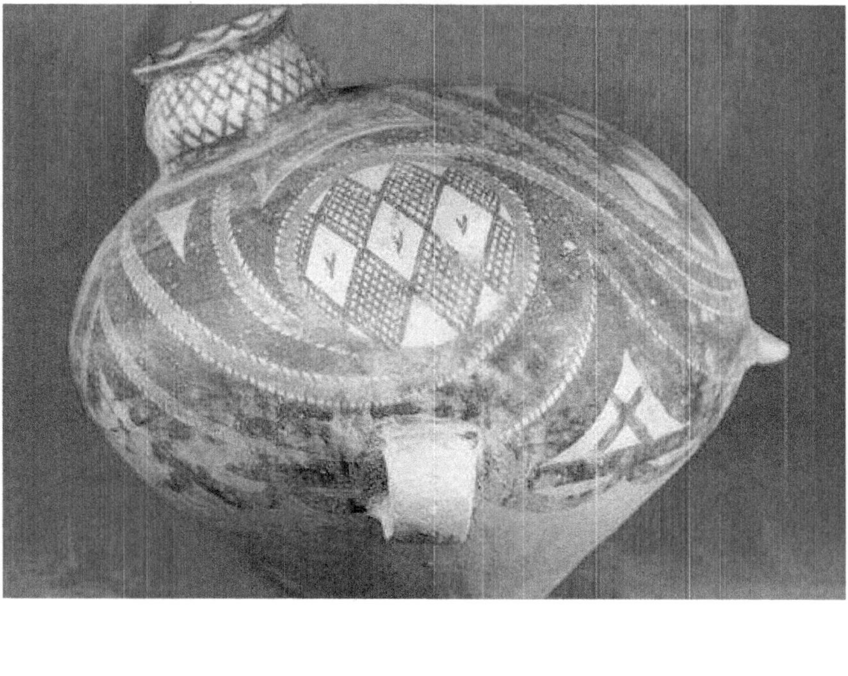

Antike Gefäße mit Schriftzeichen vor 5000 Jahren.

Beispiele Majiayao Schriftzeichen vor 5000 Jahren.

Historiker weisen darauf hin, dass es schon vor 3000 Jahren kulturellen Austausch gab zwischen dem Mittelmeer und China durch phönizische Seehändler. Phönizische Handelsschiffe haben unzählige chinesischen Tonwaren in den Westen gebracht. Es wäre durchaus möglich, dass die Phönizier die Buchstabenzeichen auf den chinesischen Handelswaren übernommen haben, um ihre Handelsbuchhaltungen zu führen und später die Buchstabenzeichen im Mittelmeerraum weiterverbreitet haben. Die Buchstabenzeichen wurden vor 5000 Jahren in China möglicherweise bei der Herstellung der Waren zur Nummerierung und Kennzeichnung der Warentypen benutzt.

Im Westen ist es allgemein bekannt, dass die Phönizier, die vor 3000 Jahren an der Ostküste des Mittelmeers siedelten, zuerst die 22 Konsonanten erfunden haben, von denen später 24 alte griechische Buchstaben abgeleitet wurden, die das erste echte Alphabet bildeten. Aus dem alten griechischen Alphabet entstand dann das lateinische Alphabet. Das deutsche oder englische Alphabet ist zum Beispiel eine Erweiterung des lateinischen Alphabets.

Aber wie kam der kulturelle Austausch zustande? Woher stammen überhaupt die Phönizier? Wie gelangten Phönizier an chinesische Kultur? Direkt oder indirekt?

Die chinesischen Forscher griffen zu Chroniken und altertümlichen Werken und fanden einige Spuren.

Der chinesische Forscher Yinbing Huang glaubt, dass die Phönizier von chinesischen Hunnen stammten, die vor 7800 Jahren wegen eines Hochwassers von Südchina nach Nordchina gezogen und später nach Westasien ausgewandert seien.

Herr Changqing Wen glaubt nach langjähriger Forschung, dass die Phönizier von dem alten Yue-Volk aus der südchinesischen Küstenregion stammten. Nach alten Aufzeichnungen waren die Yue-Leute ausgezeichnete Seeleute. »Sie steuerten die Schiffe wie Wagen, und benutzten die Ruder wie Pferde auf der Erde«. Später lebten diese Leute vom Seehandel. Sie verkauften chinesische Waren bis zum Mittelmeer und wurden vom Ausland als »Phönizier« bezeichnet.

Archäologe, Professor Gangjian Du, behauptet nach seiner Recherche, dass Griechen und Hebräer miteinander verwandt seien und Vorfahren aus Südchina haben könnten. Nach historischen Aufzeichnungen aus der chinesischen Xia-Dynastie begann vor 4000 Jahren das Sai-Volk (im Altdialekt wurde »Xia« in »Sai« ausgesprochen) aus der Region Hunan in Südchina nach Westen zu ziehen, und zwar entlang von zwei Routen. Ein Teil des Sai-Volkes folgte der Route südlich des Himalayas, gelangte über die nordwestliche Spitze des Indus und weiter in den Nahen Osten, erreichte schließlich Ägypten und das Mittelmeer. Indische Geschichtsbücher haben dokumentiert, dass Westindien zweimal von Sai-Einwanderern, Sharjah, erobert wurde, die dann weiter in den Westen gezogen sind. Dieses Sai-Volk wurde im Westen als »Hyksos« bezeichnet - bedeutet aus dem Altägyptischen hergeleitet »Ausländischer Herrscher«. Westliche Forscher haben bisher vermutet, dass das Hyksos-Volk aus Indien stammt, was auch einigermaßen zutreffend ist. Das Sai- oder Hyksos-Volk hat die antike ägyptische und später auch die griechische Kultur stark beeinflusst, die als Ursprung der europäischen Kultur gilt.

Das zweite Sai-Volk folgte der Route nördlich des Himalayas, wanderte zunächst nach Qinghai und Xinjiang in Nordwestchina aus und überquerte dann die kaspische Schwarzmeerregion, erreichte schließlich den Mittelmeerraum. Dieses Sai-Volk wurde im Ausland »Saka-Mensch« genannt, hergeleitet aus »Sai-Volk« oder »Xia-Volk« in eigenem Altdialekt des Sai-Volkes.

Das Sai-Volk hat auf dem Weg nach Westen Spuren uralter chinesischer Kultur aus der Xia-Dynastie hinterlassen, was sich durch Ausgrabungen der antiken Gräber von China bis Westen bestätigen lässt. Sowohl die antiken ägyptischen als auch die antiken griechischen Gräber verwendeten eine vertikale Anordnung und Schachtgräber, was mit der vertikalen Grabkultur des Sai-Volkes aus der uralten Xia-Dynastie in China übereinstimmt.

Das Sai-Volk hat fortschrittliche Waffen und Ausrüstungsgegenstände der Xia-Dynastie ins alte Ägypten und in die antiken griechischen Regionen gebracht, darunter wie Chariot, Schwert. Die von den Hyksos im alten Ägypten und im alten Griechenland erbauten Burgfestungen ähneln in Typ und Charakter den 6200 Jahren alten Stadtruinen des Chengtou-Berges im Landkreis Qianxian, Provinz Hunan in Südchina. Auch der Skulpturenstil des menschlichen Gesichts aus der griechischen Antike sieht genau gleich aus wie der aus der chinesischen Xia-Dynastie. In den letzten Jahren wurden in Kasachstan, Tadschikistan, Usbekistan, Kirgisistan, Russland und Europa sowie in Nordafrika zahlreiche Überreste des Sai-Volkes entdeckt, was belegt, dass die Begründer der antiken griechischen Kultur, der Hyksos, eine Stammesgruppe des Sai-Volkes sein könnte, das aus dem alten Hunan in Südchina stammt.

Der Hebräisch-Experte, Dr. Bichu Zhao, ist der Meinung, dass der chinesische Xia-Dialekt sowie das alte Hebräisch das Phänomen der gleichen Synonym-Anlaute haben. Die linguistische Studie zeigt, dass die Hebräer aus China stammten.

Am 6. September 2020 hat mir Herr Changqing Wen seine jüngsten Erkenntnisse nach langjähriger Forschung geschickt. Er wies auf das erste chinesische Geschichtsbuch »Shiji« (Historische Aufzeichnungen) vor circa 2200 Jahren hin, wo aufgenommen wurde, dass ein Teil der Nachkommen der Xia-Dynastie vor 3600 Jahren begannen, in den Westen zu wandern. Dieses wandernde Volk schloss sich auf dem Weg in den Westen mit Weißen aus 26 anderen Ländern zusammen und gründete vor 2160 Jahren das Kushan-Reich (Kushan Empire), wodurch möglicherweise die chinesische Schriftart im Mittelmeerraum weitergegeben wurde.

Nach historischen Aufzeichnungen ist es allgemein bekannt, dass vor etwa 2124 Jahren zwischen antiken Griechen und dem chinesischen Han-Reich ein Krieg (Krieg der Himmlischen Pferde) stattgefunden hat. Damals hat der Kaiser Wu der chinesischen Han-Dynastie zwei Expeditionsarmeen nach Dayuan (Große Griechen) geschickt und dessen Hauptstadt Alexandria Eschate erobert, um Dayuan zu zwingen, Kriegspferde an China zu verkaufen. Nach diesem Krieg kontrollierte die Han-Dynastie nach und nach die 36 Länder in den westlichen Regionen, was später zum Entstehen der Handelsstraße zwischen Westen und China, der Seidenstraße beigetragen hat. Diese Geschichte belegt wiederum, dass eine geographische Verbindung zwischen China und Westen auch in antiker Zeit durchaus möglich war, trotz großer Distanz.

Als Autor dieses Buches möchte ich hiermit auch meine eigenen Entdeckungen erwähnen.

Als ich 2015 mit meiner Familie in Griechenland im Urlaub war, war ich ein wenig überrascht, dass die griechische Kultur in vielerlei Hinsicht mit China vergleichbar ist.

Die Griechen haben zum Beispiel die Gewohnheit, nach dem Mittagessen eine lange Mittagspause einzulegen, um ein Nickerchen zu machen, während dieser heiligen Mittagspause bleiben fast alle öffentlichen Einrichtungen geschlossen, und die Chinesen haben die gleichen Gewohnheiten. Griechen trinken gerne Schnaps, und halten eine leichte Betrunkenheit für gute Gesellschaft, genau wie die Chinesen. Beim Lesen der griechischen Mythologie habe ich das Gefühl, dass ich gerade alte chinesische mythologische Romane läse, weil die Sicht auf Himmel, Erde sowie die Beschreibungen über die Gottheit und den Geist in völliger Übereinstimmung mit den alten chinesischen Ansichten stehen.

Griechenland 2015 (Foto: Chunhui Gu).

Abschließend möchte ich den berühmten griechischen Schriftsteller Nikos Kazantzakis (1883 – 1957) zitieren:

»Wenn Sie die Haut eines Chinesen abkratzen, werden Sie feststellen, dass unter seiner Haut ein Grieche ist; und wenn Sie die Haut eines Griechen abkratzen, werden Sie dann einen Chinesen finden.«

Ich persönlich würde noch keine Schlussfolgerung ziehen, trotz fachkundiger Behauptungen. Es muss systematisch weiter erforscht werden, um mehr Beweise zu finden. Wenn die

Entdeckungen eines Tages mit den dargestellten Behauptungen in diesem Buch bestätigt sind, würde man dann vielleicht folgende Schlagzeilen in den Medien finden:

Wissen

China hat deutsche Buchstaben erfunden!

Deutschland

Schmuggler deutschen Alphabets identifiziert!

Kultur

China exportierte deutsches Alphabet, behielt aber die Bildschriften für sich selber!

oder

Handelskrieg USA / China

Einfuhrsteuer für englische Buchstaben aus China?

USA

Erhebt China Patentanspruch auf englische Sprache?

Lustig oder? Also, bevor die Forscher endgültige Erkenntnisse veröffentlichen, behältst du besser das Geheimnis aus diesem Buch für dich alleine, damit du keinen Ärger mit anderen Menschen bekommst. Wer weiß, vielleicht würdest Du eines Tages selber Forschungsergebnisse veröffentlichen. Viel Glück!

Geheimnis

Ergebnis Weisheitstest

Herzlichen Glückwunsch! Du hast folgendes chinesisches Weisheitsalter erreicht:

1. A: Alter 8
   B: Alter 18

2. A: Alter 18
   B: Alter 8

3. A: Alter 18
   B: Alter 8

4. A: Alter 8
   B: Alter 18

5. A: Alter 18
   B: Alter 8

6. A: Alter 8
   B: Alter 18

7. A: Alter 18
   B: Alter 8

8. A: Alter 18
   B: Alter 8

9. A: Alter 18
   B: Alter 8

10. A: Alter 8
    B: Alter 18

11. A: Alter 18
    B: Alter 8

12. A: Alter 18
    B: Alter 8

13. A: Alter 18
    B: Alter 8

14. A: Alter 8
    B: Alter 18

15. A: Alter 8
    B: Alter 18

16. A: Alter 18
    B: Alter 8

17. A: Alter 8
    B: Alter 18

18. A: Alter 8
    B: Alter 18

19. A: Alter 8
    B: Alter 18

20. A: Alter 8
    B: Alter 18

21. A: Alter 18
    B: Alter 8

22. A: Alter 18
    B: Alter 8

Lösungen der Tangram Aufgaben

1. »An einem Baumstumpf auf Hasen warten«
2. »Der Fuchs nutzt die Macht des Tigers«
3. »Ein Fohlen überquert den Fluss«
4. »Herr Dong Guo und der Wolf«
5. »Schattengespenst«
6. »Einer Schlange Füße hinzufügen«
7. »Das Gewicht des Elefanten wiegen«
8. »Venusmuschel gegen Schnepfe«
9. »Der alte Mann und sein Pferd«
10. »Verbotene Liebe mit Gottes Prinzessin«
11. »Boot gravieren für Schwert«
12. »Drei Kastanien morgens, vier Kastanien abends«
13. »Diplomatie«

14. Das Tangram besteht aus 3 verschiedenen geometrischen Formen: Quadrat, Dreieck und Rhomboid

15. Ein Tangram enthält 5 Dreiecke und 1 Quadrat

16. A

17. 16 cm^2

18. Die einzelnen Flächen betragen:

    4, 4, 2, 1, 2, 1, 2

19. 1 zu 8

20. C

21. C

22. B

23. C, einfach die 2 kleinen Dreiecke umdrehen wie folgt:

Zusatzartikel des Autors

zum Buch

»Chinesische Märchen und Weisheiten
für Schüler und Studenten«

Schlusswort

*Eigentlich wollte ich hier noch einen aktuellen Artikel mit dem Thema »**Wie China in der alten Zeit die grässliche Epidemie, die in China hundertmal schwerwiegender als Covid-19 war, überwunden hat**« schreiben. Da die Nutzungsrechte der Bilder und Inhalte aus China noch nicht abgeklärt sind, ziehe ich einen anderen Artikel vor, den ich vor einem Jahr für meinen Sohn geschrieben habe. Leider ist mein alter Artikel heute immer noch einigermaßen aktuell.*

Fast täglich begegnen uns in den Medien Nachrichten über Krieg, Zerstörung und Terror. Meine Kinder haben oft gefragt: »Was ist Krieg? Warum gibt es Krieg? Was ist Handelskrieg?« Man findet sicher im Internet oder Wörterbuch Definition und Erklärung. Dennoch möchte ich hierzu einen Artikel schreiben aus einem anderen Blickwinkel, und zwar aus alten chinesischen Geschichten. Vielleicht könnte man heutzutage etwas daraus lernen.

Chunhui Gu

Handelskrieg vor 1000 Jahren

Autor: Chunhui Gu, *Dipl.-Ing.*

20.10.2019

Bekommt ein Kind in der Familie ein Geschenk und ein anderes Kind hingegen nicht, dann gibt es Krach. Ähnlich, wenn in einem Staat oder zwischen verschiedenen Staaten der Reichtums-Unterschied von reichen und armen Menschen zu groß wird, dann kann es zum sozialen Konflikt kommen. Im schlimmsten Fall führt dies zu kriegerischen Auseinandersetzungen, wo die Armen versuchen, den Reichtum von den Reichen durch Gewalt zu erbeuten, und die Reichen versuchen, ihr Hab und Gut mit Gewalt zu verteidigen. Man steckt sich in Uniformen, die die Kampfseite kennzeichnen, und fängt an, sich gegenseitig zu töten. Der Ausgang ist meistens das Gleiche wie Selbstmord. Wer überlebt, ist nur eine Glückssache.

Damit das nicht passiert, entsteht in jeder Nation ein Staatsapparat – die Regierung, die die gleiche Rolle spielt, wie die Eltern beim Geschenke verteilen in der Familie. Die Regierung regelt und verwaltet das Einkommen der Bürger, indem sie

Einkommenssteuer eintreibt und dann das Geld verteilt, damit jeder etwas abbekommt. Wer reich ist, muss mehr Sozialabgaben in Form von Steuern leisten für die anderen Menschen. Nur so können alle Menschen friedlich zusammenleben.

Schwierig ist es aber zwischen verschiedenen Staaten, wenn bei der Umverteilung des Reichtums zwischen verschiedenen Staaten durch ungleichen Außenhandel ein großes Gefälle entsteht. Es gibt nämlich keine Weltregierung, die die Wirtschaftsleistungen und Einnahmen zwischen den Staaten regelt. Die Weltorganisationen wie UNO haben nicht die Macht von Staatsregierungen. Jeder Staat versucht, eigene Interessen zu bewahren.

In diesem Fall besteht die Gefahr eines Handelskriegs, der bis zu kriegerischen Auseinandersetzungen eskalieren kann.

Die leichtesten Formen des Handelskriegs sind wirtschaftspolitische Sanktionen, wie zum Beispiel Importzölle, Handelshemmnisse sowie die Störung gegnerischer Produktivität.

Anfang 2018 hat der neu gewählte US-Präsident Donald Trump gemerkt, dass das Handelsbilanzdefizit der USA gegenüber China immer größer wird. 2017 betrug der US-Waren-Export nach China nur 130,4 Milliarden Dollar, wohingegen Güter im Wert von 505,6 Milliarden US-Dollar aus China in die USA eingeführt wurden. Mit anderem Worten: Es fließt mehr Geld nach China als in die USA. Daraufhin reagierte der US-Präsident Donald Trump mit Rekord-Importzöllen auf chinesische Waren und Strafmaßnahmen gegen große chinesische Unternehmen, was später zu einem weltweiten Handelsstreit geführt hat. Auch die EU wurde davon betroffen.

Für China ist der Handelskrieg nicht neu. Schon vor 1000 Jahren gab es während der Song-Dynastie, als Kaiser Song China regierte, einen Handelsstreit zwischen Zentral-China und den es umgebenden Ländern. Ein typisches Beispiel ist der Handelskrieg mit dem Königreich Kitan nördlich von China, wo die Hunnen herrschten.

Die Song-Dynastie war die wohlhabendste Ära der wirtschaftlichen und kulturellen Entwicklung in der alten chinesischen Geschichte. Während der Song-Dynastie machte Chinas gesamtes Bruttoinlandsprodukt 60% der Weltwirtschaft aus, was dem Dreifachen der heutigen US-Wirtschaft entspricht. Die Bevölkerungsanzahl der Song-Dynastie betrug etwa 100 Millionen, die Einkommenssteuer lag bei 7%.

In der Song-Dynastie begann man mit der Verwendung von Banknoten, Kohle, Erdöl, maschinell angetriebenen Schiffen sowie von Wasserkraft-Spinnrädern, es blühten verschiedene Industrien auf, zum Beispiel die Porzellanindustrie. Die Verwendung von Drucktechnik in großem Stil machte Bücher populär; die Verwendung von Schießpulver machte den Krieg moderner und die Verwendung des Kompasses ermöglichte den Hochseehandel. Die Ausländer bezeichneten die Einreise in das Song-Reich wie einen Wechsel von einer antiken in die moderne Zeit.

In der Song-Dynastie wurde auch der chinesische Abakus – ein alter mechanische Computer oder Rechner in aktuell geläufigem Format – erfunden, der heute noch in China hoch geschätzt wird. Ein Abakus kann die normalen Rechenaufgaben noch schneller erledigen als jeder moderne Computer oder Taschenrechner durch weniger Tipparbeit. 2013 wurde der chinesische Abakus von der UNESCO (Organisation der Vereinten Nationen für

Bildung, Wissenschaft und Kultur) zur Repräsentativen Liste des immateriellen Kulturerbes der Menschheit hinzugefügt.

Chinesischer Abakus.

In Chinas Geschichte gab es ständig militärische und ökonomische Konflikte mit dem nördlichen Königreich Kitan. In der Song-Dynastie stand der Handelskrieg im Vordergrund. Beide Staaten versuchten durch Handelsvorteile, eigene Wirtschaftsinteressen zu bewahren.

Beim Außenhandel ist es das Hauptziel, einen Handelsüberschuss zu erzielen, insbesondere in Zeiten der Metallwährung: Der Überschuss ist der Zufluss von Geld, und die

Währung ist Reichtum. Daher bemühten sich beide Staaten, einander ihre vorteilhaftesten Produkte zu verkaufen.

Die größte Ware, die vom Song-Reich in das Königreich Kitan exportiert wurde, war Tee. Tee war kein wichtiges strategisches Material, und die Gewinne waren reichlich. Die Song-Regierung hat die Initiative ergriffen, um ihre Produktion zu steigern, indem der Staat Kredite an Bauern vergab. In der Tat waren die Hunnen zunächst keine Teetrinker. Erst durch die absichtliche Kultivierung der südlichen Han-Chinesen begannen die Hunnen damit, Tee zu trinken. Weil die Hunnen hauptsächlich Fleischesser waren, diente der Tee als Unterstützung der Verdauung. Im Laufe der Zeit war der Tee, der im Norden nicht gepflanzt werden konnte, für die Nordländer zu einer gewissen Notwendigkeit geworden, und somit ein Verkaufsschlager und die beste Handelskriegswaffe der Großen Song-Dynastie.

Infolge des Teehandels ergab sich für das Song-Reich ein erstaunlicher Überschuss, während das Kitan-Königreich verzweifelt versuchte, etwas zu finden, das an das Große Song-Reich verkauft werden konnte. Das Wichtigste war zuerst, Hammel zu exportieren.

Der Fleischkonsum des nördlichen Song-Reichs bestand hauptsächlich aus Rind- und Hammelfleisch, aber auch das nördliche Song-Reich hatte eine eigene Hammelfleischproduktion. Die Song-Regierung war besorgt über die Auswirkungen des Viehbestands des Landes, wodurch die Einfuhr von Hammelfleisch ständig eingeschränkt wurde, was immer wieder zu Handelskonflikten geführt hatte.

Mit dem Versuch, das Handelsdefizit zu minimieren, kam schließlich das Kitan-Königreich auf die Idee, einen Re-Export-Handel als Zwischenhändler zu betreiben. Durch die gute Lage monopolisierte Kitan seinen Handel mit dem Song-Reich. Kitan importierte große Mengen Waren von Song, verkaufte sie mit erhöhtem Preis wieder an die es umgebenden Nachbarländer, so dass das Handelsdefizit mit Song nicht so groß ausfiel.

Im Schatten des Handelskriegs verbot das Song-Reich strengstens den Export von Militärgütern wie Schwefel, Flammennitrat, Pfeil, Quecksilber und Lack, während das Land Kitan hauptsächlich den Export von Pferden und Getreide untersagte.

Im Pferdehandel spiegelte sich jedoch erneut die Komplexität des Handelskrieges wider. Das Pferd gehörte in dieser Zeit zu den strategischen Militärgütern. Weil die Landfläche von Song überwiegend landwirtschaftlich genutzt wurde, war Song selbst nicht in der Lage, Pferde in hinreichend großer Menge zu züchten. In guten Zeiten hatte Song immer Pferde von Kitan importiert. Im Handelskrieg war dies plötzlich nicht mehr möglich, deswegen hat die Song-Regierung Friedensgespräche mit anderen Nachbarländern wie Tanguten veranlasst, um mehr Pferde zu importieren. Als Kitan merkte, dass das Exportverbot von Pferden nicht den gewünschten Erfolg brachte, hat es den Pferdehandel später wieder gelockert.

Die Währung »Song-Yuan« der Song-Dynastie war zu dieser Zeit die wichtigste Abrechnungswährung für den Außenhandel. Da das Song-Yuan in Form von Münzen hauptsächlich aus Kupfer hergestellt wurde, und im Königsreich Kitan keine Kupfermine vorhanden war, floss Song-Geld in großer Menge ins Königreich Kitan, und das Kitan-Königreich wurde somit zum „Song-Yuan-Bezirk“, was dazu führte, dass das Song-Reich unter einem Mangel an Kupfermünzen litt, weil man damals aus technischen Gründen das Kupfergeld so schnell gar nicht herstellen konnte.

Der Außenhandel war der Kern der Diplomatie der Song-Dynastie, ohne ausreichende Versorgung von Song-Geld war der Außenhandel nicht möglich, sodass das Song-Reich eine großartige Erfindung in der Weltfinanzgeschichte hervorbrachte: die Banknote aus Papier! Diese Einführung von Banknoten löste vorübergehend das Problem des unzureichenden Geldumlaufs, aber gleichzeitig schuf es auch den finanziellen Dämon der Selbstzerstörung. Die Herrscher der Song-Dynastie haben plötzlich einen unerschöpflichen Schatz entdeckt. Ab sofort konnte der Kaiser alles kaufen, solange er Papiergeld drucken ließ. Es wurden also unermüdlich Geldscheine gedruckt.

Moderne Menschen wissen, dass übermäßiges Drucken von Banknoten zur Inflation, also zur Preissteigerung führen wird, aber die alten Chinesen hatten dies noch nicht gelernt. Am Ende der Song-Dynastie verloren die Song-Banknoten bis zu 90% an Wert und die Song-Finanz brach zusammen, bis das mongolische Reich das finanziell geschwächte und wirtschaftlich korrupte Song-Reich eroberte. Nach der mongolischen Invasion gingen plötzlich der wirtschaftliche Fortschritt, das kulturelle Erbe sowie die chinesische Zivilisation der Song-Dynastie zu Ende. Die Mongolen haben das fortschrittliche, chinesische Schießpulver geerbt und weitere Länder damit mühelos eingenommen, darunter auch das Kitan-Reich. Anschließend drangen die Mongolen ungehindert bis nach Europa vor. Die Landfläche Chinas wurde somit mehrfach vergrößert.

Papiergeld Song-Dynastie vor 1000 Jahren (nachgemalt).

Die Song-Dynastie ist eine tragische chinesische Ära, wovon man heutzutage vielleicht etwas lernen kann.

Geschichten